A pirâmide
do café

Nicola Lecca

A pirâmide do café

Tradução
Joana Angélica d'Avila Melo

Rio de Janeiro | 2014

Copyright © 2013 Arnoldo Mondadori Editore S.p.A., Milano.

Título original: *La Piramide del Caffè*

Capa: Tadeu Costa
Imagem de capa: Nicky Gordon | Getty Images

Editoração: FA Studio

Texto revisado segundo o novo
Acordo Ortográfico da Língua Portuguesa

2014
Impresso no Brasil
Printed in Brazil

Cip-Brasil. Catalogação na publicação.
Sindicato Nacional dos Editores de Livros, RJ.

L492p	Lecca, Nicola, 1976-
	    A pirâmide do café / Nicola Lecca; tradução Joana Angélica d'Avila Melo. — 1. ed. — Rio de Janeiro: Bertrand Brasil, 2014.
	    238 p.; 23 cm.
	
	    Tradução de: La piramide del caffè
	    ISBN 978-85-286-1810-5
	
	    Ficção italiana. I. Melo, Joana Angélica d'Avila. II. Título.

14-10461	CDD: 853 CDU: 821.131.3-3

Todos os direitos reservados pela:
EDITORA BERTRAND BRASIL LTDA.
Rua Argentina, 171 — 2º andar — São Cristóvão
20921-380 — Rio de Janeiro — RJ
Tel.: (0xx21) 2585-2070 — Fax: (0xx21) 2585-2087

Não é permitida a reprodução total ou parcial desta obra, por quaisquer meios, sem a prévia autorização por escrito da Editora.

Atendimento e venda direta ao leitor:
mdireto@record.com.br ou (0xx21) 2585-2002

*A Jancsi,
e aos seus sonhos simples.*

Everything must change
Nothing stays the same

[...]

Winter turns to spring
A wounded heart will heal,
Oh but never much too soon
No one, and nothing goes unchanged.

NINA SIMONE

Sumário

11 OUVERTURE

17 PRIMEIRA PARTE
19 PRIMEIRO ATO. *A arte do escambo*
45 SEGUNDO ATO. *O manual do café*
97 TERCEIRO ATO. *Clientes misteriosos e outras complicações do café*

121 SEGUNDA PARTE
Nobel

165 TERCEIRA PARTE
Tortas, sanduíches e outras gostosuras do café

199 FINAL
A queda dos deuses

233 *Por amor à verdade*
235 *Nota*
237 *Agradecimentos*

OUVERTURE

(...)

Para voltar no tempo é preciso pagar quatro libras esterlinas: esse é o preço do ingresso para o museu da infância de Bethnal Green. Imi começa a contar as moedas que acaba de encontrar no bolso. Já são quase sete horas, e o museu está prestes a fechar. Poderiam fazer uma exceção: deixá-lo entrar furtivamente. Mas a senhora da bilheteria é fiel às regras e nem pensa nisso.

Aqui estão, finalmente: "Quatro libras *exatas*!", exclama Imi indo ao encontro dela, mas a moça do caixa não lhe sorri nem se enternece pela impaciência escrita em todo o rosto dele. Limita-se a encará-lo sem emoção, e, quando ele inicia seu percurso pelo museu, ela recomeça a fitar o vazio à sua frente. Imóvel: como uma boneca abobalhada.

Nas vitrines empoeiradas, os velhos ursinhos de pelúcia, os trenzinhos com vagões de madeira colorida, os piões sonoros, os automóveis de pedal e os caleidoscópios se mostram sem muito clamor. Imi observa aqueles brinquedos inatuais, reflexo do tempo deles: e imagina que pertenceram a crianças sortudas.

No museu da infância de Bethnal Green, os visitantes se emocionam sempre por motivos diferentes. Às pessoas mais velhas, isso acontece com os brinquedos antigos. Os jovens, em contraposição, revivem seu passado diante das últimas vitrines: aquelas dedicadas às infâncias recém-transcorridas.

Para Imi é diferente, pois cresceu num orfanato: e o museu não tem, é claro, um setor especial para as pessoas como ele, que, desde crianças, tiveram pouco ou nada, mas que em compensação exploraram os bosques, nadaram nos lagos, acharam filhotes de cervo, perseguiram lebres e brincaram com as teias transparentes das aranhas.

Imi jamais conheceu seus pais: no entanto, conseguiu ser feliz mesmo assim. E o é inclusive hoje, enquanto visita o museu das infâncias alheias.

Agora acaba de fechar os olhos.

Naquela escuridão forçada e provisória, está procurando suas experiências de menino: quer revivê-las com a memória, para se dar conta de que o museu de sua própria infância ele o traz dentro de si: é um museu verdadeiramente único e especial, existe só nas lembranças: e não é preciso pagar nenhum ingresso para visitá-lo.

(...)

Agora Imi está atravessando o parque da rainha Vitória. Um parque bonito durante o dia, mas perigoso à noite, quando a névoa envolve os lobos de pedra que montam guarda em seus negros portões enferrujados.

A senhora Lynne, com quem ele reside, já lhe disse mil vezes que não é seguro se aventurar pelo parque àquela hora e que seria melhor contorná-lo. Também disse que entre aquelas árvores, perto do roseiral, se esconde o espírito de Anita Gassler: morta a pontapés por um grupo de garotos quando fazia jogging, numa manhã de algum tempo atrás. Mas Imi não teme o perigo: tem experiência em escuridão e caminha pelo parque em pequenos passos, como se Anita Gassler nunca tivesse sido assassinada. Aquele lugar lhe agrada inclusive à noite: silencioso e imóvel como os bosques em torno de seu orfanato húngaro.

Após a recente viagem até Bethnal Green, fechado no sufocante vagão vermelho do metrô, lotado de pessoas, e com as lufadas de ar quente a lhe confundir o cérebro, sente necessidade de espaços abertos. Precisa do vento.

É uma sorte que Londres ofereça vastas zonas desabitadas: parques imensos, onde a gente pode se esquecer dos outros e se lembrar unicamente de si. Hoje, inclusive, é assim. Inclusive hoje Imi percorre o parque da rainha Vitória como se aquele ar deserto fosse, para ele, um bálsamo indispensável.

Daqui a pouco estará em casa. O vapor quente dos brócolis cozidos se grudará ao seu rosto: ele vai tirar os sapatos sem desamarrá-los, colocá-los ao lado dos de sua senhoria, e se fechar no quarto para ler o manual que lhe foi entregue há pouco. É um volumezinho de poucas páginas, escritas em letra pequena sobre um fino papel azul.

Naquelas linhas, Imi descobrirá como se tornar um bom auxiliar de serviços gerais e como fazer carreira na rede de cafeterias para a qual começou recentemente a trabalhar.

PRIMEIRA PARTE

PRIMEIRO ATO
A arte do escambo

(...)

Hoje os meninos do orfanato cobriram os rostos com pequenos adesivos em forma de coração. Pregaram-nos por toda parte mesmo: na testa, no queixo, nas bochechas, ao redor dos olhos e até na ponta do nariz. No grande caldeirão de cobre, o gulache está cozinhando faz tempo e seu perfume se espalha deliciosamente entre as árvores do parque.

Lóránt e Laci, enquanto isso, competem para recolher gravetos a fim de alimentar as brasas, Marcell e Gabor entoam as canções do Queen em um inglês aproximativo, David tenta chamar a atenção geral dando cambalhotas espetaculares, Konrád e István discutem as proezas de seus jogadores de futebol preferidos.

Nesse meio-tempo, Árpád — escondido atrás de um banco — está roubando os pinhões torrados que guarnecem as bordas das tortas: mas é descoberto a tempo. É Ádám quem banca o espião: "Otti *neni** Árpi torta idé", diz a uma das educadoras em sua língua misteriosa, criada no silêncio do porão onde passou os primeiros anos de sua

---

* Em húngaro, "tia" segundo explica o autor bem mais adiante. (N. T.)

infância: assistido somente por um cão e por um vigia encarregado de lhe passar as refeições e de mantê-lo limpo.

Festas assim não acontecem com frequência. Um aniversário duplo, com duplo motivo para tortas e copos cheios de refresco de framboesa. É a atmosfera do parque que deixa todos eufóricos: são os bancos em torno das compridas mesas improvisadas, é o rumor do rio que corre acompanhado por suas margens superverdes, são os ramos enormes de certas árvores estranhas. É isso aí: se a felicidade tivesse um som, seria justamente o dessa festa.

Na mente de todos, agora, o passado não existe.

Os meninos de Landor sabem fazer isto: viver a vida momento a momento: sem permitir que aquilo que já se foi arruíne um só instante do presente.

O gulache ficou pronto, e eles se organizam em fila indiana com o prato na mão. A mesa foi muito bem-arrumada. Ali estão as velas, as flores que Bianka *neni* colheu nos campos na fronteira com a Áustria, e os guardanapinhos vermelhos de folha dupla reservados para as ocasiões especiais.

Os meninos aguardam comportadamente sua vez e olham encantados o gulache fumegante, com cheiro de abundância. Os primeiros já têm o prato bem cheio, mas ainda não podem comer: devem esperar que todos estejam servidos e que o diretor do orfanato pronuncie seu discurso de parabéns.

Ada *neni*, nesse meio-tempo, passa entre as mesas com a cesta de pão. "Posso pegar duas fatias?", pergunta Barnabás: hoje é seu aniversário e ele bem sabe que uma cortesia dessas não lhe será recusada. Ao lado dele, Jancsi meteu na boca uma pimenta inteira e é justamente quando todos riem de seu repentino rubor que o diretor se levanta e começa a falar. Sua voz é severa, temida: capaz de eliminar, de imediato, qualquer rumor.

O diretor fala pouco, parabeniza os festejados e, no fim, aperta a mão deles com certa solenidade. "Congratulações!", exclama. Como se, para os órfãos, fazer aniversário fosse um mérito, ou uma prova de coragem.

Finalmente, pode-se começar.

O gulache está muito quente e dói na língua. Mas os meninos o comem às pressas: temem que a segunda ração só dê para os mais velozes. Hoje, porém, não há nenhuma necessidade de se preocupar: o gulache é muito, o pão também, há as tortas e o refresco de framboesa incrementado com soda.

Barnabás sorri. Está completando 11 anos. Se tivesse nascido na América, já seria ator. Tem tudo o que é preciso: espontaneidade, uma cara marota e um jeito de gesticular capaz de tornar qualquer palavra eficaz e convincente.

Já seu irmão Filip está fazendo 10 anos: é tímido, tem uma personalidade menos marcante e vive dizendo um monte de mentiras.

Ambos chegaram ao orfanato há poucos meses. É como se estivessem de férias: e se sentem tão eufóricos quanto os filhos dos ricos, quando vão para as colônias de verão e experimentam a primeira liberdade.

Hoje, entre todos os meninos, eles são sem dúvida os mais felizes. Felizes pelo gulache e pela torta: e, sobretudo, felizes pelos presentes que receberão daqui a pouco. E é bom que curtam plenamente essa felicidade. É bom que a estoquem, que a acumulem numa espécie de despensa interior: um armazém do espírito onde possam conservá-la em segurança, para dispor dela durante os invernos da alma. Que virão depressa.

Porque Filip e Barnabás começarão a desconfiar. Perguntarão a Ada *neni* por que a mãe deles ainda não voltou da Áustria. A certa altura, vão se cansar de ouvi-la só por telefone: vão querer revê-la.

Para não esgotar as desculpas, Ada e as outras *neni* continuarão repetindo que o trabalho na Áustria é muito absorvedor e que a mãe precisou ficar mais do que o previsto. Essas mentiras durarão por longo tempo: um ano, talvez dois, quem sabe até três. Depois, porém, Filip e Barnabás descobrirão tudo: acontecerá de uma hora para outra. O segredo não suportará mais: começará a rachar, e a verdade aparecerá em todo o seu triunfo: um triunfo inútil, que apenas os destruirá.

Acontecerá em um dia qualquer: talvez numa bela jornada de sol. Alguém sem escrúpulos, no vilarejo, contará aos meninos que a mãe deles não está na Áustria trabalhando nas vinhas. E sim, na verdade, encontra-se na prisão: cumprindo uma pena perpétua por ter matado seu filho mais novo, afogando-o na banheira. Eles descobrirão isso e muitos outros detalhes. Descobrirão que a mãe era depressiva, esgotada por muitas gestações enfrentadas uma após a outra, que o irmãozinho — depois de morto — tinha sido embrulhado em um saco preto de lixo: e que, assim, naquele frágil ataúde de plástico, foi jogado num rio.

A verdade será atroz: mas, como hoje ela ainda está distante, Barnabás e Filip se divertem loucamente. Sopram as velinhas com desenvoltura e, quando o diretor do orfanato lhes entrega seu presente, se emocionam. Que maravilha: uma barra de chocolate e um frasco de espuma de banho com perfume de goma de mascar, mantidos juntos por um pedaço de adesivo transparente! É um lindo momento. Sobretudo quando o diretor anuncia que até Imi, de Londres, mandou um pacote cheio de lembrancinhas. Esse pacote é colocado no centro da mesa e olhado pelos meninos com estupor: como se fosse uma lanterna mágica ou um objeto de contos de fadas.

Filip e Barnabás estão curiosos. É a primeira vez que veem seu nome escrito numa embalagem postal: faz certo efeito. Faz com que se sintam adultos. Para falar a verdade, também faz certo efeito o selo cor de laranja tendo impressa a silhueta da rainha Elizabeth. Para eles é um objeto novo, precioso. Barnabás planeja descolá-lo com vapor e guardá-lo na caixinha vermelha, junto com as bolas de gude e todas as outras coisas importantes.

Os presentes são muitíssimos: bombons de todos os formatos, um pião sonoro, um ratinho de madeira com a cauda feita de corda, um pacote de biscoitos de manteiga e dez espirais de alcaçuz.

Finalmente, as fatias de torta são distribuídas. Caramba, são grandes mesmo! E o que importa se algum pinhão está faltando na decoração?

Os meninos as degustam em silêncio. Depois que terminam, recolhem as migalhas com os dedos e, como de hábito, lambem o prato para garantir que nada seja desperdiçado.

(...)

No dia em que Imi deixou o orfanato, chovia. Os meninos se despediram dele um a um: os maiores não choraram. Os pequenos, sim. Imi seguiu a pé, sozinho, para a estaçãozinha verde de Landor. Um lugar horrível, como sempre: os vidros foscos da sala de espera, os grafites eróticos nas paredes dos banheiros, a bilheteira confinada em sua cabine com cortinas de renda amarelecidas pelo tempo, as passagens escritas à mão, o relógio de plástico preto, com seu barulhento ponteiro dos segundos, e os trilhos enferrujados, que terminam ali: porque Landor é a última estação. O final da Hungria, mas também o início do resto da Europa.

Imi havia esperado aquela partida por muito tempo, e ao menos mil vezes a imaginara acontecendo, antes de adormecer. Tinha fantasiado até sobre o último momento possível: aquele no qual o chefe da estação, exibindo um boné vermelho — cômico e meio de circo —, atravessaria correndo os trilhos, levantando a bandeirola verde e assoviando o sinal de partida para o maquinista: o trem se moveria, e o levaria longe de seu passado, para entregá-lo a um futuro que ele sonhava cheio de encantamento e maravilhas.

Tudo aconteceu exatamente como Imi havia imaginado.

Quando o trem partiu, ele fechou os olhos e se recordou de quando, ainda menino, tinha conseguido completar o quebra-cabeça de Charles e Diana. Nesse meio-tempo, Lady Di havia morrido, e aquele quebra-cabeça perdera algumas peças: mas continuava existindo, pendurado acima de seu catre: o mesmo que, bem depressa, seria atribuído a outro garoto.

Para Imi, Londres era o todo. Um todo cósmico, uma fornalha de emoções que, em sua mente, se contrapunha ao nada do orfanato, à absoluta previsibilidade de jornadas sempre idênticas entre si.

A viagem tinha começado entre campos abertos e pequenas aldeias, atravessadas por um trem muito antigo: os assentos de plástico, os braços das poltronas feridos, a espuma amarela transbordando daqueles cortes jamais consertados. Os espantalhos grosseiros, as casas brancas com os tetos arruinados, os campanários vermelhos das igrejinhas distantes. O maquinista com bigodes vaidosos. Os viajantes pobres, os cigarros sem filtro.

À medida que o trem avançava rumo a Szombathely, encontravam-se estações sem placa. Subiam e desciam pessoas singulares. Olhos acesos e rostos devastados pelo cansaço: mãos rústicas, bafo de aguardente, cebolas frescas de aroma dominante, ovos ainda mornos nas bolsas, pijamas masculinos vestidos por baixo da saia para proteger as pernas do frio. Pela janela podiam-se avistar galinheiros desconjuntados, sementeiras de ciprestes, esquilos e plácidas cabras que continuavam pastando imperturbáveis, embora o trem passasse ao lado delas chacoalhando. Nas hortas, as couves cresciam enormes e até as abóboras alcançavam dimensões despropositadas.

Tudo isso, Imi havia decidido abandonar.

(...)

Agora a festa acabou e os meninos estão subindo a longa escadaria que leva aos dormitórios: é uma escadaria imponente e por toda parte ecoa a alegria deles. Hoje, até Andras está feliz: logo ele — que foi apelidado "Tristeza" — tem finalmente as faces vermelhas de emoção. É um vermelho aceso, brilhante de suor, e contrasta muito com o cinza circundante. Todos os outros meninos também estão eufóricos: sobem os degraus de dois em dois, se perseguem, competem para alcançar o patamar do segundo andar e continuam brincando até o momento em que cada um deve se retirar para o próprio "cantinho de paraíso". Assim Ada *neni* chama o espaço de cada menino dentro dos dormitórios. Um espaço pequeno: mas suficientemente grande para conter uma existência inteira.

Aqui: nestas casas sem segredos, nestes cantinhos de paraíso (que aos olhos dos ricos pareceriam infernais), entre catres estralejantes e colchões úmidos, entre pôsteres de jogadores de futebol e adesivos desbotados, entre cadernetas escolares pregadas nos armários e imagens de modelos de seios nus, cada menino é livre para exprimir a própria criatividade com fantasia.

Pode-se pintar as paredes de cores diferentes, recortar borboletas de papel e pendurá-las no teto, plantar pequenos cactos em velhas xícaras de chá sem asa, dessecar flores do campo, colecionar castanhas, reciclar rádios de pilha e guardar tesouros emocionais, ricos apenas de um valor simbólico e pessoal. Até a vida é abundante em todas as suas formas: hamsters, porquinhos-da-índia, caracóis, besouros, tartarugas e canários. Há quem colecione baterias vencidas e quem recolha parafusos e porcas. E há quem transcorra tardes inteiras enchendo páginas e páginas de palavras sem sentido, escritas numa grafia impecável e bem-distribuídas entre as linhas de uma velha agenda.

Entre todos, Jákob é quem possui mais animais. Tem um pintassilgo-do-reino, sete hamsters — com os quais conversa habitualmente — e também uma grande tartaruga, que ele beija e acaricia diariamente. Por ela, sai à caça de aranhas: captura-as e as guarda na caixinha de um velho rolo de filme. A tartaruga gosta muito de aranhas e as come com gulodice, como se fossem chantili.

Jákob adora sua tartaruga e sempre a olha com certo encantamento. É um olhar difícil de descrever, o seu: é um olhar cheio de cuidado e de amor.

Enquanto isso, Filip arrumou sobre o lençol os presentes recebidos. Caramba: é mesmo um belo butim! Entre outras coisas, há três barras de chocolate, um tubo de dentifrício com dinossauros desenhados, um saquinho de bolas de gude, um pião e até um potinho de Nutella. Filip mostra tudo ao seu irmão Barnabás e o encarrega de servir de intermediário para os objetos que decidiu destinar ao escambo.

No orfanato de Landor, o escambo — prática já em desuso no mundo contemporâneo — é a forma de comércio mais popular.

Barnabás é um verdadeiro mestre nessa atividade arcaica: sempre consegue tornar desejável aquilo que possui e suas permutas acabam tornando-se verdadeiros leilões, capazes de render excelentes lucros.

Barnabás é competente em manipular as pessoas. Consegue fazê-lo quase sempre. Faz com os meninos, com Ada *neni* e também com todas as outras educadoras. Quando adulto, será um sedutor ou um político: e com certeza tornará infeliz um monte de gente. Mas disso ele ainda não sabe. Posando diante de um espelho rachado, precariamente pendurado atrás de seu catre, levanta com enorme esforço um haltere de cinco quilos e, ao fazê-lo, observa comprazido a rotundidade de seus pequenos bíceps: feliz por ter conseguido engrossá-los ao menos um pouco.

Barnabás é apaixonado por si mesmo. É forte. Não chora nunca. No entanto, à noite — antes de dormir —, tem de tomar o comprimido amarelo. Aquele para não fazer xixi na cama. Dessa necessidade, tem grande vergonha. Queria muito que Ada e as outras *neni* fossem mais discretas com ele: que evitassem lhe entregar o comprimido na frente de todos. Seria melhor se o fizessem às escondidas: talvez no quartinho do telefone, onde nunca há ninguém. Está cheio de ser chamado pelos meninos de "Barni mijão" ou "Barni protetor de colchão". Uma fama pouco nobre: que ele é obrigado a combater à custa de provas de coragem cada vez mais clamorosas: como quando furou o lóbulo de uma orelha com um prego. Fez isso sem mais nem menos, como se nada fosse: seus olhos permaneceram imóveis. Só que o prego estava enferrujado e provocou uma infecção braba: a orelha inchou e foram necessárias duas semanas de antibiótico para curá-la.

Claro: para espetar um prego na orelha sem pestanejar, é necessário ter muita coragem: e é isso que Barnabás precisa demonstrar, se quiser eliminar seu apelido da boca de todos.

Mas os apelidos são difíceis de morrer.

E assim, esse menino, forte e fraco ao mesmo tempo, a cada noite adormece esperando não molhar a cama: e sonhando que, um dia, irá se tornar um piloto de Fórmula 1.

Os sonhos são a droga dos pobres. E os pobres se tornam dependentes deles. Ada *neni* bem sabe disso, mas, com sabedoria, sempre recomenda aos órfãos que desejem só uma coisa a cada vez, e que concentrem todas as forças na realização dessa coisa. Então os meninos exploram o impalpável mundo dos desejos. Que existem de todos os tipos: dos tênis às Ferrari.

A escolha não é fácil, e eles passam horas e horas identificando o desejo preferido: até que — a certa altura — o encontram e começam a cuidar dele nutrindo-o de esperança cotidiana e dedicando-lhe todo o entusiasmo e toda a energia de que são capazes.

Ada *neni* tem razão: os desejos são oxigênio para o futuro, mas o presente é o único instante em que é possível ser feliz de verdade. Deplorar o que se foi ou preocupar-se com o que ainda não aconteceu é cansativo para a alma e a esgota.

Eis o segredo dos órfãos de Landor, eis por que eles conseguem desfrutar a vida apesar de sua condição desvantajosa. Eis o motivo pelo qual aprenderam a apreciar cada momento, vivendo-o plenamente, como se fosse o único de sua existência.

Nas festas de aniversário se divertem, saboreiam as grossas fatias de strudel que as *neni* cozinham para eles e ficam felizes quando — durante um passeio no campo — encontram um morango, uma cereja ou outra fruta madura.

As poucas vezes em que pensam no futuro, fazem-no para cultivar seu sonho, na esperança de que este, um dia, possa se tornar realidade. Porque a esperança é forte: uma droga inócua e poderosa, capaz de vencer sempre tudo, seja como for. De vencer até o desespero.

(...)

Imi nasceu em junho, mas só sua mãe sabe o dia exato de seu nascimento. Como acontece a muitos outros órfãos de Landor, também para ele o aniversário coincide com a data em que foi abandonado. Ada *neni* lhe contou sua chegada tim-tim por tim-tim, pelo menos umas cem vezes, e Imi, até hoje, frequentemente revive o episódio na própria fantasia, na esperança de recordar o rosto de sua mãe. Um rosto que ele, por alguns dias, de fato conheceu, mas que infelizmente desapareceu da memória.

Pronto: está imaginando tudo inclusive agora, a bordo de um tétrico vagão da Circle Line londrina.

Faz calor: um automóvel vermelho se detém diante do portão do orfanato. Transcorrem dois ou três minutos. São dois ou três minutos importantes: aqueles nos quais a mãe de Imi decide que se separará dele para sempre.

Enquanto isso, o porteiro se sente entediado.

Em sua guarita, protegido do sol, assiste a um filme, num velho aparelho de TV, em preto e branco. As legendas estão em letras miúdas e ele se esforça por lê-las. Talvez por isso não preste atenção ao automóvel vermelho que parou bem ali em frente. Nem percebe que uma jovem desce e deixa diante da entrada uma caixa de papelão.

Dentro, embrulhado num xale cor-de-rosa, está Imi.

O porteiro acaba de ver seu filme e, quando sente necessidade de esticar as pernas, sai da cabine: é realmente um dia bonito, o sol está forte e não há sequer uma nuvem para filtrar os raios. O homem se aproxima da entrada, procura no bolso da camisa o maço de cigarros e descobre uma mancha de molho em um punho. Raspa-a com a unha do indicador. Em seguida, fumando, começa a caminhar: de golpe, dá com a caixa de papelão à sua frente. Imi está ali dentro, imóvel, e não chora.

O porteiro, servindo-se do walkie-talkie, chama o diretor do orfanato: "Deixaram mais um bebê no portão", diz, sem muito clamor. Como se, em Landor, o abandono de um recém-nascido fosse um fato absolutamente normal.

Ada *neni* é a primeira a acorrer e a tomar Imi nos braços, e é ela quem descobre um bilhete preso no xale que o envolve: "Tentei mantê-lo comigo, mas chora demais e os clientes reclamam. Chama-se Imre. Deem amor a ele, porque eu não posso." Uma letra infantil, redonda. Como a das crianças na escola elementar. E assim ficou claro desde logo que a mãe de Imi devia ser uma prostituta e, provavelmente, muito jovem.

Depois, naquela mesma tarde, o porteiro havia sido chamado pela polícia para depor. Mas seu depoimento tinha servido muito pouco. O homem só havia notado que o carro era vermelho e tinha placa de Györ. Aliás, nem disso tinha certeza, porque, enquanto o abandono acontecia (como frisou várias vezes), estava assistindo a um filme.

Imi, portanto, não tinha nascido em 24 de junho, mas antes. Se haviam sido dois, cinco ou dez dias, ninguém jamais esclarecera. Tanto que, quando ele lia o horóscopo, não sabia qual signo devia considerar. "Eu sou de câncer ou de gêmeos?", perguntara certa vez a Ada *neni*. E ela, com sua sabedoria costumeira, havia respondido que seria melhor escolher, a cada vez, o horóscopo que fosse mais conveniente.

(...)

Neste momento, muitos órfãos estão tomando uma ducha no enorme banheiro comum. Estão eufóricos. Barnabás acaba de abrir a espuma de banho com cheiro de goma de mascar que ganhou de presente do diretor do orfanato: aquele novo aroma logo se espalha pelo úmido aposento das duchas, suscitando a imediata curiosidade de todos os meninos. Barnabás topa com eles enfileirados à sua frente: "Se você me deixar usar um pouco, eu lhe dou duas espirais de alcaçuz!", diz Árpád. E, como ele, todos os outros também começam a formular as ofertas mais disparatadas. A espuma de banho com perfume de goma de mascar é realmente um barato, e vale a pena renunciar a alguma coisa para experimentá-la!

Em seguida, terminados os entendimentos, os meninos estendem a mão à espera de que Barnabás deposite em suas palmas uma quantidade variável de espuma de banho, com base naquilo que lhe foi proposto em troca. Ao mesmo tempo, Lórant começa a ter uma forte dor de barriga. E agora? Ele já acabou com o rolo de papel higiênico que o orfanato lhe dá toda semana. Um verdadeiro problema. Os espasmos estão cada vez mais fortes, e resta pouco tempo. Lórant corre para o aposento das duchas e grita: "Alguém troca um pouco de papel higiênico por dois bombons de mel?". Jákob — que tem uma relação apenas ocasional com o sanitário — fica bem feliz por contentá-lo.

Vive-se assim no orfanato de Landor. Os meninos se tornam verdadeiros comerciantes. Trocam de tudo continuamente, tanto que o mesmo objeto pode passar pelas mãos de dezenas deles e, às vezes, depois de meses de escambos cruzados, voltar ao primeiro proprietário.

Jákob ganhou no Natal um espelhinho vermelho e o trocou com Árpád, o qual — pouco depois — o permutou com o pequeno David. David, por sua vez, ofereceu esse mesmo espelhinho (e muitas outras coisas) a Barnabás em troca das luvas de goleiro. Um escambo com o qual ele sonhava havia tempo, mas que Barnabás demorou a aceitar. No final, porém, cedeu: é um menino vaidoso, e a ideia de poder se ver no espelho a qualquer momento deve tê-lo tentado muito.

O que importa se as luvas de goleiro são grandes demais para as mãozinhas infantis de David? Ele gosta delas mesmo assim, e quando as calça sempre sonha aparar clamorosos pênaltis. Está fazendo isso inclusive agora.

Nesse meio-tempo, Marcell pegou duas velhas escovas de dentes. Imagina que são as baquetas de uma bateria. Senta-se num banquinho de cor laranja e começa a tocar como se diante dele estivessem realmente pratos e tambores. Sempre desejou ser baterista numa banda.

Como ele, Árpád também tem um sonho complicado. Quer ser cantor. Gosta muito de Céline Dion e Barbra Streisand. Por causa desse fato, os outros meninos o apelidaram de "Buzsi", que em húngaro significa maricas.

Na realidade, Árpád tem um ouvido sensibilíssimo para a música. O diretor do orfanato sabe disso, e logo deverá decidir se o faz participar das audições para a escola de canto de Budapeste. O problema é que Árpád é meio retardado e precisa da professora de apoio. Justamente como Jákob, que hoje está bem feliz porque sua fêmea de hamster predileta pariu — durante a festa — muitos filhotes branquinhos que, dentro em pouco, poderão ser trocados por sabe-se lá quantas mercadorias! Finalmente ele poderá pedir a Arnold seu rádio de pilha e obter pequenos agrados em quantidade: sabonete, dentifrício e, quem sabe, até um potinho de Nutella! Para realizar escambos mais vantajosos, poderá sempre contar com a ajuda de Laci. Este não tem, é claro, o carisma de Barnabás, mas ainda assim é um profissional do comércio, que pratica com os ciganos do acampamento vizinho. Troca fios de cobre por dinheiro de verdade. Dezenas e dezenas de florins (às vezes centenas) que ele confia a Berta *neni*, a qual anota o progressivo montante num espesso caderno quadriculado.

"Banco de Laci", está escrito na capa.

Aos 11 anos, Laci trabalha duro para encontrar os fios de cobre. Visita depósitos de lixo, remexe nas caçambas e, quando encontra um televisor abandonado, um computador ou um rádio velho, pega para si as bobinas, desenrola-as com infinita paciência e vai fazendo novelos com o cobre. Quando os novelos ficam suficientemente grandes, ele pede permissão para tomar o ônibus para Szombathely, vai até o acampamento dos ciganos e troca cada quilo de cobre por uma nota de quinhentos florins. Na Áustria, esse pouco dinheiro mal daria para pagar um café, mas Laci se contenta. Em dois anos — com paciência — já reuniu uma pequena fortuna. Berta *neni* acaba de lhe comunicar o total. Caramba! É mesmo uma bela cifra, mas ainda insuficiente para realizar seu sonho, que é muito ambicioso e, portanto, exige enorme determinação e sacrifícios ulteriores.

(...)

Agora são quase oito, e daqui a pouco, nos dormitórios, as luzes serão apagadas. Os meninos estão vestindo seus pijamas desbotados, que sempre têm as mangas curtas demais ou compridas demais e que — ao longo dos anos — passaram de mão em mão, de cerzideira em cerzideira.

Berta *neni* beija todos eles na testa e se retira para seu quartinho, feliz com que os meninos tenham passado um dia inesquecível.

"É incrível com que frequência a felicidade pode acontecer num lugar como este", pensa. E se dá conta de que, talvez, a felicidade não dependa tanto daquilo que se tem, mas da capacidade de se resignar àquilo que não se tem.

(...)

Apesar dos seus 52 anos, Lynne continua se vestindo como uma mocinha. Prende os cabelos com borboletas coloridas e usa saias muito curtas e justas.

"Baby Jane Hudson",* apelidou-a com maldade sua vizinha. No entanto, sempre que se olha no espelho, Lynne fica feliz com sua aparência. É uma mulher despreocupada, mas tão perseguida pelas dívidas que nunca abre a correspondência: prefere acumulá-la numa grande cesta de vime.

Sua conta bancária está prestes a ser fechada, e mais cedo ou mais tarde um oficial de justiça virá lhe confiscar os móveis, as roupas e, talvez, até os prendedores de cabelo em forma de borboleta.

Em compensação, é uma excelente professora de tango. Não lhe faltam alunos, e pagam em espécie. O problema é que, assim que se vê com algum dinheiro no bolso, Lynne se sente repentinamente rica: vai ao mercado de Borough e compra vieiras, açafrão, aspargos,

---

* Personagem da atriz Bette Davis em *O que terá acontecido a Baby Jane?* (1962, dir. Robert Aldrich). (N. T.)

frutas cristalizadas e grandes potes de mel de castanha. Gosta de cozinhar, sobretudo quando tem o dinheiro necessário para obter tantos petiscos.

Mesmo sendo uma mulher cheia de dívidas, Lynne é muito generosa e, todo ano, hospeda por algum tempo um dos órfãos de Landor. Agora é a vez de Imi.

Lynne o acolheu como a um filho: sem estabelecer limites para sua permanência, e também lhe arrumou um emprego como auxiliar de serviços gerais numa rede de cafeterias da moda.

Desde que Imi chegou, Lynne está mais feliz. Gosta da ideia de ter em casa um rapazinho capaz de lhe oferecer reconhecimento e atenções. Esta noite, porém, está um pouco preocupada. Imi já deveria ter voltado há bastante tempo. Passa das sete, e a escuridão é densa: "Espero que ele não tenha atravessado o parque hoje também!", pensa, enquanto descasca as batatas e as lava sob um jato de água gelada.

Londres é uma cidade escura, e suas trevas penetram nas pessoas, contrastando um pouco o cinza que elas têm na alma. Lynne está colocando as batatas no forno quando Imi abre a porta. Do estreito corredor de entrada, chega distintamente a saudação dele. Lynne não demora a vê-lo à sua frente, trazendo na mão uma folha de caderno muito bem-escrita.

— O que é? — pergunta.

E ele:

— Mais um bilhete da maluca!

— Deixe ver! — exclama Lynne, enxugando as mãos no avental. — Oh, não! A vizinha, de novo! Mais reclamações!

E começa a ler enfaticamente:

"Prezada Lynne, ontem à noite você ligou a máquina de lavar roupa às 23h20, embora tivéssemos combinado que isso não aconteceria nunca mais. Posso me permitir lhe recordar que a centrifugação é barulhenta e que ribomba no meu quarto, me impedindo de descansar? Espero que tenha sido um esquecimento e que, no futuro, você saiba cumprir com mais escrúpulo os nossos acordos: nada de ruídos depois das 22h e antes das 7h30 da manhã: nem rádio, nem música, nem lavadora de roupas ou de louças, muito menos gargalhadas espalhafatosas!"

A vizinha de Lynne é uma mulher infeliz. Sai pouco de casa, raramente abre as janelas, e instalou diante da porta de entrada uma espessa cortina de veludo escuro, a fim de proteger os brônquios contra as correntes de ar. É uma pessoa precisa, organizada. Tira o pó de seus bibelôs de mau gosto quase todos os dias. Quando não acha tempo para fazer isso, sente-se culpada e vai dormir angustiada. Com o banco, tem uma boa relação. Sua conta corrente nunca ficou no vermelho (nem quando ela era estudante). Nunca hospedaria um órfão, mas se considera generosa porque — de vez em quando — dá esmola aos músicos autorizados que se apresentam nas estações do metrô.

Com certa regularidade, enfia por baixo da porta dos vizinhos bilhetes de admoestações pelo comportamento antissocial deles, e certa vez chegou a escrever às autoridades locais para reclamar que os caminhões, à noite, faziam barulho ao passar.

É uma mulher amedrontada, cheia de terror. Sempre fecha o registro de gás antes de ir dormir, e jamais compra o passe mensal do metrô, por medo de perdê-lo, ou de desmagnetizá-lo. Recentemente, até adquiriu um pequeno cofre: uma aquisição inútil, pois não possui joias e tem pouquíssimo dinheiro em espécie. Mas a ideia de ter um em casa lhe deu uma sensação boa. Nos momentos de medo mais intenso, o cofre a ajuda. Ela o olha, admira-o em sua inviolável robustez e, de repente, se sente mais serena.

Imi não gosta dessa mulher — que abre imediatamente, e com certa apreensão, toda a correspondência recebida — e pensa que Lynne, apesar de suas roupas um tanto ridículas e da cestinha cheia de faturas não pagas, é de longe uma pessoa melhor.

(...)

São oito em ponto, e, como todas as noites, Berta *neni* entrou no dormitório para anunciar que daqui a pouco as luzes serão apagadas. Os meninos ainda têm os cabelos úmidos; habituaram-se a dormir assim, mesmo no inverno.

Berta *neni* começa a distribuir os comprimidos amarelos contra a enurese noturna. Um problema muito difundido no orfanato, inclusive entre os mais velhos. Barnabás se enfurece como um touro quando ela lhe entrega o remédio na frente de todos: haviam combinado que isso seria feito em segredo, no quartinho do telefone!

Mais uma vez, porém, Berta *neni* se esqueceu.

— Barni mijão! Barni mijão! — grita David, orgulhoso por jamais ter molhado a cama, desde o dia em que chegou ao orfanato.

Fábián, enquanto isso, está triste. Deitado em seu catre (na realidade, um velho sofá), olha a foto da mulher nua que está pregada no teto. Não vê a hora de as luzes serem apagadas e de o escuro trazer a intimidade de que ele precisa.

Logo completará 18 anos. Uma data importantíssima para todo adolescente, porém ainda mais significativa para os rapazes como ele.

De fato, a partir daquele dia Fábián estará livre para deixar o orfanato e tentar a sorte em outro lugar.

Para muitos, essa foi uma boa oportunidade. Seu irmão Georg, no entanto, acabou se prostituindo na estação de Keleti pu, em Budapeste. Sua última carta foi assustadora: contou em detalhes tudo o que os clientes lhe fazem e tudo o que deve fazer com eles.

"Fique onde está, Fábián: a felicidade não tem nada a ver com as cidades grandes", escreveu no fim. Mais do que uma frase, uma sentença, que o aterrorizou. Para Imi, foi diferente: ele quis ir para Londres do mesmo jeito, na certeza de que aquela metrópole bem mais célebre e distante seria muito menos impiedosa do que Budapeste.

Fábián, porém, que futuro terá? O orfanato pode lhe oferecer um teto, um salário e três refeições quentes ao dia, durante pelo menos mais seis anos. Em troca, ele deveria trabalhar como jardineiro, ou talvez na carpintaria junto com os outros profissionais. E a vida continuaria sem perigos.

Mas o orfanato, que é um lugar divertido para os menores, torna-se terrível para os rapazes de sua idade: uma prisão da alma. É nisso que Fábián pensa, enquanto Berta *neni* deseja boa-noite e apaga as luzes, ameaçando que — se houver o mínimo rumor — no dia seguinte todos ficarão sem desjejum.

Finalmente, no escuro, Fábián tem a privacidade de que precisa para se dedicar ao seu segredo: mete a mão no bolso do pijama e devagarinho, com muito cuidado, tentando ser silencioso e não se deixar descobrir, tira um pedacinho de papel bem-dobrado e o abre até sentir com os dedos o frio do metal ali contido. É uma lâmina de barbear, e está muito afiada. Fábián arregaça a manga e começa a fazer em si mesmo pequenos cortes, que ele sente como necessários. Os primeiros são superficiais. Os últimos, um pouco mais profundos.

No escuro a dor dá menos medo. E dá menos medo o sangue, imediatamente tamponado com papel higiênico.

Os lábios de Fábián começam a tremer. Seu coração dispara, as têmporas latejam. Ele sabe que está errado, e no entanto continua a se cortar. A necessidade de se machucar está se tornando cada vez mais forte e já é impossível combatê-la. Por sorte, ninguém nunca percebeu. Por uma coisa dessas, Ada *neni* o mandaria logo ao diretor! E haveria sérios problemas...

Enquanto isso, no canto de paraíso ao lado do dele, Árpád, graças a um velho walkman com headfones — que Laci recuperou num depósito de lixo durante suas buscas por fios de cobre —, está escutando *Tell Him*, de Barbra Streisand e Céline Dion.

A música é tão bonita e emocionante que uma lágrima abre caminho dentro dele até escorrer por sua bochecha gorducha. Embora seja noite, e embora seja proibido, Árpád não resiste à tentação de cantar. Faz isso em voz baixíssima. Quase cochicha. No entanto, esse seu sussurro em falsete irrita tremendamente Fábián, que, quando retalha os braços, precisa de silêncio e de concentração. Por isso, pega um de seus sapatos e o lança com violência contra o leito de Árpád.

— Cale a boca, maricas! — grita, provocando, no escuro, uma risada geral. Ao fazer isso, descuida-se e suja de sangue os lençóis. E esse sangue — amanhã de manhã — deverá ser explicado tim-tim por tim-tim.

SEGUNDO ATO
O manual do café

1.

Esta noite Imi se sente muito cansado, mas mesmo assim começou a ler o manual que a diretora da cafeteria lhe entregou há pouco. Quer se tornar competente e conquistar a estima dos seus superiores.

O manual tem um aspecto organizado: divide-se em três partes e tem numerosos capítulos. Algumas frases foram escritas em negrito; outras, em um itálico elegante.

Imi inicia pela introdução:

Bem-vindo ao prestigioso mundo da Proper Coffee, a mais célebre rede de cafeterias do Reino Unido. Este manual informativo ajudará você a conhecer melhor nossa empresa. Atenção: comece pelo princípio e não salte nenhum trecho, todas as informações dadas a seguir serão fundamentais para uma correta compreensão do seu trabalho.

Imi está emocionado. Desde já, as palavras do manual lhe parecem gentis e cheias de atenção para com ele. Decidiu: não dormirá enquanto não tiver lido tudo. Nas primeiras páginas conta-se a história da Proper Coffee. Há um monte de números e de estatísticas. Está escrito que a empresa já conta com mais de trezentas cafeterias em todo o Reino Unido e que logo começará a se expandir além do Canal da Mancha. Entre outras coisas, destaca-se:

Em nossas cafeterias, o cliente encontra sempre as mesmas tortas, idênticos quadros, croissants, poltronas, minipanetones e até as mesmas xícaras de chá. A mistura de café também não varia, assim como a maneira de preparar o cappuccino, ou de guarnecer o chocolate com o creme. Em suma, nenhuma mudança: porque em cada loja Proper Coffee o cliente deve poder se sentir em casa.

Retorna à mente de Imi a teoria comunista da igualdade social, que ele estudou na escola. "Aí está", observa, "a Proper Coffee certamente se baseia na mesma filosofia: porque quer que cada coisa seja igual para todos, do mesmo modo."

A leitura do manual continua. A página cinco traz um estranho diagrama em pirâmide que representa a estrutura da Proper Coffee: no alto fica o senhor Julian Carruthers, diretor-geral da empresa; no degrau imediatamente inferior encontram-se os quatro diretores de área, responsáveis respectivamente por Irlanda, Escócia, País de Gales e Inglaterra. Cada um deles, por sua vez, tem abaixo de si os diretores de zona, aos quais se seguem os muitos diretores de filial, e depois os supervisores, os caixas, os barmen e, por último, os auxiliares de serviço geral.

Imi é um destes e não se lamenta. Pelo contrário, observa com otimismo: "A filosofia da Proper Coffee não parte somente do comunismo, mas também do Antigo Egito. De fato, todos os funcionários são organizados numa verdadeira pirâmide, em cujo topo se encontra o senhor Carruthers (que seria o faraó). Como sou um auxiliar de serviços gerais, por enquanto me encontro no degrau mais baixo. Mas, à diferença do que ocorria no Antigo Egito, a Proper Coffee oferece aos seus empregados a possibilidade de fazer carreira para alcançar, no decorrer dos anos, degraus progressivamente superiores. Meio como nos jogos para computador, aqueles nos quais a gente passa de nível em nível até chegar à vitória final."

Em seguida, concluindo seu raciocínio, escreve em letras grandes: "Em minha opinião a Proper Coffee é uma empresa que se baseia num comunismo computadorizado de cunho faraônico."

Satisfeito com a originalidade de tal definição, Imi começa a ler o capítulo intitulado *Meus deveres*, que foi escrito em forma dialogada, para facilitar a aprendizagem.

Aqui, a dezenas de possíveis perguntas, são preventivamente oferecidas respostas exaustivas:

Por que este manual é importante?

Este manual é importante porque reúne todas as regras que você deverá seguir dentro da cafeteria. E lembre-se: cada uma delas se inspira no lema dos três P: PONTUALIDADE, PAIXÃO E PRECISÃO.

Quais são minhas tarefas dentro da cafeteria?

A um auxiliar de serviços gerais, são confiadas diversas incumbências: tirar as mesas, manter limpos os pisos, reabastecer o freezer, ocupar-se da lava-louças e descartar o lixo. Tal variedade de encargos permitirá que você adquira experiência em vários campos, favorecendo sua carreira dentro da empresa.

Já foi cientificamente provado que executar repetidamente a mesma atividade por oito horas consecutivas pode ser desgastante; manter-se ocupado em tarefas diferentes, ao contrário, torna o transcorrer do dia bem mais agradável e variado.

Imi está de acordo. Imagina que logo adquirirá experiência em todas as frentes e que, se for competente, seus supervisores o notarão e lhe permitirão começar a escalar a grande pirâmide da Proper Coffee.

O manual do café continua:

O que acontece se eu perceber que estou atrasado para meu turno de trabalho?

Chegar atrasado é grave. Se você perceber que está atrasado, contacte imediatamente a central telefônica da Proper Coffee, anuncie de pronto o número de sua matrícula, o motivo do atraso e a estimativa do horário em que você chegará. Esse cuidado limitará os danos de sua ausência temporária. Aconselhamos que você decore o número da central telefônica ou então o anote em vários lugares, para tê-lo sempre à disposição.

A palavra "Pontualidade" é uma das três pilastras do nosso lema. Dela, depende a excelência do serviço oferecido aos clientes. E lembre-se: se todos os funcionários chegassem atrasados no mesmo dia, o café não poderia abrir!

Que cuidados posso adotar para evitar chegar atrasado?

Para evitar chegar atrasado, convém cronometrar o tempo necessário ao percurso entre a porta de sua casa e a da cafeteria, e acrescentar pelo menos vinte minutos para os imprevistos (metrô que não chega, chuva, alguma coisa indispensável esquecida em casa...). Essa precaução lhe permitirá chegar pontualmente e desfrutar a eventual antecedência para se familiarizar com os colegas e para demonstrar sua confiabilidade ao diretor da filial.

De capítulo em capítulo, Imi prossegue na leitura. Gosta da ideia de trabalhar para uma empresa que explica tudo, tim-tim por tim-tim.

É necessária uma atenção particular à minha higiene pessoal?

Usar um uniforme da Proper Coffee significa representar a empresa inclusive com o próprio corpo. Por isso, é importantíssimo que sua higiene pessoal seja impecável. Piercings e tatuagens não serão admitidos, se visíveis ao cliente.

Além disso, exigem-se: cabelos em ordem (se os seus forem compridos, você poderá prendê-los num rabo de cavalo ou escondê-los sob o boné), unhas das mãos bem curtas e — para os empregados do sexo masculino — barba feita diariamente.

Aconselham-se desodorantes antitranspirantes e — em caso de pequenos ferimentos — o uso de band-aids coloridos, que ao cliente parecerão mais otimistas do que os tradicionais. (Seu supervisor lhe fornecerá de bom grado, a pedido, uma embalagem de curativos multicores.)

Imi está em dúvida. Ada *neni* lhe disse mil vezes que os desodorantes antitranspirantes provocam mal de Alzheimer. Seguramente, o pessoal da Proper Coffee não sabe disso.

De repente, o manual se torna mais sério:

O que acontece no caso de meus serviços serem considerados insatisfatórios?

No caso de seus serviços serem falhos, você será chamado para uma conversa com seu diretor de filial, que lhe comunicará os motivos de sua insatisfação. Juntos, os dois relerão o manual do café e estabelecerão uma estratégia de melhoras. Nas duas semanas seguintes, um supervisor terá o encargo de monitorar e reavaliar seus serviços.

Devo me preocupar com a possibilidade de ser demitido?

A Proper Coffee adota medidas muito severas para atrasos injustificados, inconfiabilidade no trabalho, linguagem inoportuna e discriminação racial.

A demissão sumária, porém, só está prevista para os casos de furto ou violência (tanto física quanto verbal). Em todos os outros casos, você receberá uma advertência por escrito, antes de qualquer procedimento disciplinar, e além disso lhe será oferecida a possibilidade de salvaguardar sua carreira.

Lembre-se de que, durante o período de experiência, você não estará resguardado por nenhuma dessas normas, e que sua relação de trabalho com a empresa poderá ser encerrada a qualquer momento e sem aviso prévio.

Imi dá um suspiro de alívio. Ele nunca será violento nem roubará, portanto seguramente não correrá o risco de ser demitido!

Posso me dirigir aos outros membros do staff numa língua que não seja o inglês?

A Proper Coffee admite seus colaboradores independentemente da nação de origem, da religião, da cor da pele ou das preferências sexuais. Contudo, dentro da cafeteria, só é permitido o uso da língua inglesa. Essa decisão não quer ser discriminatória, mas sim resguardar os clientes, que — por educação — devem ter sempre condições de compreender aquilo de que se está falando em sua presença.

Nas cozinhas, ou nas áreas desprovidas de clientela, poderei me dirigir a outro membro do staff numa língua que não seja o inglês?

Isso não é algo proibido, mas é desaconselhável, porque os outros membros do staff poderiam pensar que vocês estão falando mal deles.

Como devo me comportar em todos os casos que o manual não conseguiu contemplar?

O dia de trabalho se compõe de uma imprevisível variedade de eventos: sempre que se verificarem alguns não previstos pelo manual, sugerimos que você confie no seu bom senso.

A leitura continua. Depois de todos aqueles deveres, chegou finalmente o capítulo dedicado aos direitos: Imi se surpreende com que sejam tantos. Está escrito que, para cada doze semanas de trabalho, o empregado terá direito a sete dias de férias e que, por ocasião do Natal, a Proper Coffee organiza uma grande festa a bordo de uma embarcação no Tâmisa.

Está escrito até que, completado o quinto ano de serviço, será oferecido ao funcionário um jantar para duas pessoas (bebidas excluídas) no luxuoso restaurante Bombay Brasserie de Gloucester Road.

Imi fica empolgado: a Proper Coffee é realmente uma grande empresa, e trabalhar para eles deve ser uma tranquilidade. E ainda por cima pagam bem! Quatro libras esterlinas e vinte pence por hora. Na Hungria, salários assim só se veem de binóculo.

Enquanto isso, ficou tarde: são quase duas da manhã. Mas Imi não se deixa desanimar pelo cansaço: falta pouco para o fim do manual, e ele quer continuar. O último capítulo se intitula *Para sua segurança*, e diz o seguinte:

É nossa obrigação informar-lhe os possíveis riscos que o trabalho em um local público envolve. Por isso, a seguir, você encontrará as modalidades a observar, no caso infausto de um atentado.

Existem duas campainhas de alarme, ambas ligadas à direção geral: apertando esses botões, você possibilitará a intervenção da polícia em poucos minutos. Atenção: ativar o botão de alarme é uma questão muito delicada, e você deverá recorrer a todo o seu bom senso antes de fazer isso. Lembre-se: se você o utilizar impropriamente, quando o perigo for real as pessoas poderão não acreditar.

Com o objetivo de tornar mais fáceis e familiares os procedimentos de emergência, serão organizadas duas vezes por ano simulações de atentado das quais todos os membros do staff deverão participar. O tempo dedicado por você a tais exercícios será regularmente remunerado.

Esta última parte do manual deixou Imi muito curioso: ele, que sempre adorou James Bond! Ouvir falar de simulação de atentados e de botões de alarme! Não cabe em si de contente. Mas ficou tarde e os sonhos de olhos abertos devem ceder lugar aos de verdade, induzidos por um sono profundo e restaurador.

2.

Já amanheceu. Imi programou o despertador para 6h30, porque leu direitinho o manual do café e, claro, não quer chegar atrasado. Lá fora ainda está escuro. Imi se veste, corta curtíssimas as unhas das mãos e pega no cofrinho uma cédula de vinte libras: o depósito para seu uniforme de auxiliar de serviços gerais.

Ontem à tardinha, o diretor da filial lhe explicou que os uniformes da Proper Coffee são confeccionados com os melhores materiais e, consequentemente, são muito caros. Mas a caução só ficará retida se Imi perder o uniforme ou o estragar, e, considerando-se o quanto é cuidadoso, não há motivo para que se preocupe.

Outras cauções seriam necessárias para a chave do escaninho e para o cartão magnético de identificação: quarenta libras, isso mesmo, que Imi deverá desembolsar para a Proper Coffee antes até de receber seu primeiro ordenado. Uma cifra enorme para ele, mas que o diretor da filial, com um sorriso, definiu como "razoável".

Andrew está sempre sorridente: faz isso para transmitir serenidade aos seus subordinados. Um truque aprendido no *Manual do diretor*, no item "Como tranquilizar os empregados".

Quando Imi desce à cozinha para fazer o desjejum, a gata Daisy vai ao encontro dele com o olhar cheio de expectativas: quer sua ração crocante, mas Imi não tem tempo para satisfazê-la. Está repassando as anotações feitas durante a leitura do manual; pretende dar uma excelente impressão no trabalho e iniciar com o pé direito sua brilhante carreira no mundo da Proper Coffee.

Enquanto isso, bebe o leite quente com mel (Ada *neni* lhe recomendou muito isso, para prevenir gripes) e, quando termina, inicia bem a tempo a longa caminhada rumo à estação de metrô de Bethnal Green.

(...)

Ada *neni* está sem palavras. Olha os ferimentos e as cicatrizes nos braços de Fábián e se maldiz por não ter descoberto aquilo antes.

— Mas que diabo lhe deu na cabeça? Fatiar a si mesmo desse jeito! E, ainda por cima, por quê? Você é órfão! É um desventurado. Deveria escolher a felicidade! E procurar ser sereno! Em vez disso, o que faz? Se fere! Retalha os braços!

Ada *neni* está furiosa. Para ela, é um absurdo a pessoa se machucar sozinha: não percebe que isso de Fábián é uma doença, um comportamento compulsivo que deveria ser tratado. Pensa que é apenas culpa sua.

Fábián a encara em silêncio, com os olhos cheios de vergonha.

— Eu poderia mandar você ao diretor, sabia? E haveria sérios problemas! — insiste Ada *neni*. Quer parecer severa, e tenta. Mas, por fim, não resiste ao impulso de abraçá-lo. Como se ele fosse seu filho.

Fábián sente que ela o aperta contra si com amor. E se emociona. Ninguém jamais o abraçou assim.

É um abraço de mãe. Um abraço de verdade.

* * *

Jákob, nesse meio-tempo, deu início aos entendimentos para o escambo dos seus hamsters. Os trâmites são um tanto complicados. Cada garoto que desejar um deverá escrever num papel o que está disposto a oferecer em troca (uma espécie de contrato, de garantia). Os hamsters são mercadoria rara no orfanato de Landor, e Jákob quer ter certeza de que poderá obter o máximo de lucro.

3

Imi havia sido aceito para experiência na Proper Coffee após uma longa entrevista de trabalho na sede central da empresa.

Seu formulário de admissão — preenchido por Lynne em um inglês perfeito — lhe permitira fazer parte dos dez candidatos entre os quais a responsável pelo pessoal escolheria três novos auxiliares de serviços gerais.

Recebida a notícia, Imi e Lynne começaram a imaginar aquela conversa, fingindo que estava acontecendo mesmo. Lynne colocou óculos para vista cansada e, com voz severa, enfronhou-se no papel de diretora de pessoal.

— Você deverá se apresentar elegante, de paletó e gravata, as unhas bem-tratadas e o cabelo corretamente penteado. Na carta, está escrito que o encontro é com a senhora Archard. Atenção: decore o nome dela e, quando a tiver à sua frente (ela provavelmente estará sentada do outro lado da escrivaninha), aproxime-se com um sorriso e diga: "Senhora Archard, imagino!"

Pequenos cuidados como esse seriam fundamentais, assim como a atitude que Imi assumiria ao se sentar: "Não cruze os braços! Não apoie os cotovelos sobre a escrivaninha!" A compostura seria decisiva na avaliação de sua personalidade, e uma atitude desleixada poderia estragar tudo.

O formulário de admissão à Proper Coffee havia sido um verdadeiro quebra-cabeça: um labirinto de perguntas capciosas que Lynne soubera enfrentar com respostas cativantes, vivazes e ricas daqueles chavões que deixariam a senhora Archard encantada.

Como quando ela sugerira a Imi que escrevesse: "Na sociedade moderna, o papel de auxiliar de serviços gerais é injustamente considerado secundário: trata-se, porém, de um trabalho importante, porque se encontra na base de uma estrutura colossal, e todos sabem que, sem bases sólidas, até a mais imponente das pirâmides está destinada a desabar."

Ao ler essa resposta, a senhora Archard ficara literalmente comovida. Era uma frase perfeita, e ela poderia sugeri-la como possível acréscimo ao *Manual do diretor* no capítulo intitulado "Motivar os membros do staff."

Por fim, no dia da entrevista, Imi — fortalecido por sua boa aparência, sua educação e pelas respostas que Lynne havia espertamente elaborado para ele — conseguira dar uma excelente impressão, e à senhora Archard, que lhe pedia para resumir em poucas palavras a filosofia da Proper Coffee, havia respondido:

— Veja, senhora Archard ("Repita muitas vezes o nome dela, isso a fará se sentir importante", recomendara Lynne), a Proper Coffee garante ao cliente a máxima qualidade: usa matérias-primas de altíssimo nível e importa o açúcar de cana de países subdesenvolvidos, para estimular a inserção deles na economia mundial. E não apenas isso: a Proper Coffee propõe padrões idênticos em cada uma de suas mais de trezentas cafeterias. Um resultado importante, que garante ao cliente o prazer da familiaridade e a sensação de estar sempre em casa.

Com essas palavras, Imi assegurara um posto de trabalho como auxiliar de serviços gerais na prestigiosa rede de cafeterias Proper Coffee. Seu contrato havia chegado pelo correio, alguns dias mais tarde, assinado pelo senhor Carruthers em pessoa. Uma assinatura importante, a dele, tanto quanto a do diretor do orfanato: elegante, mas impossível de decifrar.

Imi correra a pegar uma caneta e, com certa emoção, havia acrescido sua ingênua assinatura à do senhor Carruthers. "Sabe lá que vida tem este homem!", pensou, e o imaginou entre iates, helicópteros e luxuosos automóveis conversíveis.

4.

Imi já mora em Londres há várias semanas, mas não conhece quase nada da cidade. O problema é que as metrópoles são grandes demais para a nossa mente: imagine Londres. Imagine uma cidade tão vasta e heterogênea, espalhada em bilhões de fios intricadíssimos. Densa e fervilhante como os ramos de uma sebe: aparentemente organizados, mas depois monstruosos, quando olhados de perto, e cheios de mil vidas.

Neste lugar incompreensível, destinado à mais completa indecifrabilidade pelos séculos dos séculos, Imi experimentou desde o início uma sensação de impotência, como se fosse tão pequeno quanto uma minhoquinha: um dos muitos indivíduos que em Londres se movem sempre às pressas, e sem parar.

Como faria, ele que era habituado aos bosques e aos cervos de uma aldeola húngara, para compreender esta cidade? Para interpretar um lugar que, nos sonhos, parecera simples: mas que agora, no concreto, mostrava-se enorme, escuro e dilatado como uma sombra ilimitada?

Para vencer tanta complexidade imprevista, era preciso pegar o grande mapa de Londres e observá-lo demoradamente: na tentativa de memorizar pelo menos os nomes das praças, a posição dos parques e o traçado das ruas mais importantes.

Todos eram lugares que Imi ainda não conhecia: mas que — graças ao nome deles — poderia ao menos tentar imaginar.

Apesar do gelo invernal, ele achou que Green Park fosse verdíssimo e cheio de esquilos. Regent Street lhe pareceu uma rua complicada, porque continuava depois de passar por praças. A estação de Oval só poderia ser oval. Ao passo que Swiss Cottage era certamente um lugar capaz de oferecer a calma da Suíça e a atmosfera familiar de uma casa de campo.

Outra estratégia seguida por Imi para se familiarizar com Londres foi a de escolher um caminho em particular e torná-lo habitual: um lugar bem óbvio e conhecido, um fragmento londrino que, dentro em pouco, ele poderia sentir como seu. Era o breve trecho que — da estação de Embankment — levava até a Strand.

Imi começou desde logo a estudar cada cantinho do trajeto: fez amizade com os comerciantes, com os floristas e até com os jornaleiros ambulantes do "Evening Standard", os quais, todos os dias, se alternavam com a mesma imprevisibilidade de suas notícias de primeira página.

Procurou memorizar como eram os prédios, quais eram as lojas ao longo da passarela que levava até dentro da estação de Charing Cross. E percebeu que, naquela única rua, havia um mundo inteiro ao menos tão grande quanto o vilarejo de Landor.

E assim, com a mesma determinação com que um menino entra pela primeira vez na escola para construir do nada o seu futuro saber, Imi começou a enfrentar Londres partindo de uma de suas ruas mais curtas.

De Embankment, logo adorou o parque com vista para o Tâmisa e a loja de peixe fresco gerida por jovens orientais supermagros que, orgulhosos de seus olhos amendoados, sempre se inclinavam para agradecer aos clientes por qualquer aquisição.

* * *

Dessa rua, pequena mas intensa, Imi começou a decifrar Londres: um denso emaranhado de mil lãs coloridas, confusamente atadas entre si numa trama absurda destinada a se tornar, para ele, a mais infalível de todas as teias.

(...)

Laci acaba de tomar o ônibus para o acampamento cigano de Szombathely. Numa mochila amarela, colocou o pacote com os pequenos rolos de cobre recuperados com dificuldade dos velhos televisores e dos eletrodomésticos abandonados nos depósitos de lixo. Espera que pesem muito: talvez mais de um quilo. O orfanato não tem balança, e ele ainda não aprendeu a calcular com precisão o cobre acumulado: teme que os ciganos o enganem. Por isso, pediu a Jancsi que o acompanhe. O pai e a mãe de Jancsi são ciganos, portanto será ele a conduzir a negociação. Os ciganos, entre si, não trapaceiam nunca. É uma regra de honra.

Também por isso, Laci aprendeu algumas palavras de romani, e quando finalmente vê diante de si o cigano do cobre, cumprimenta-o na língua dele.

Este sorri: olha com satisfação o pacote que Jancsi lhe entrega e o pesa.

A balança marca um quilo e duzentos gramas.

Jancsi e Laci retornam ao orfanato com os bolsos cheios de dinheiro.

5.

Imi agrada aos seus chefes: é um belo rapaz, trabalha firme, chega sempre pontualmente e — como Lynne lhe ensinou — jamais contradiz alguém. Desde o início, Victoria simpatizou com ele e se deu conta de que mantê-lo escondido na cozinha, lavando a salada, seria um desperdício. Falou disso com Andrew: "Viu que maneiras gentis? Que educação? E também um rapaz tão bonito faria uma bela figura atrás do balcão. Por que não o indicamos para o curso de barman?" Andrew, como sempre, concordou com Victoria e observou inclusive que o sotaque estrangeiro de Imi destacaria perante os clientes a política antirracista da Proper Coffee. E isso era bom, porque na cafeteria deles aquela política tão importante para o senhor Carruthers não era devidamente aplicada, já que o único empregado de cor estava relegado à lavagem de pratos!

E assim Imi foi promovido a barman e aprendeu a fazer café coado, cappuccino, expresso e até chocolate com creme.

Agora ele se encontra atrás do balcão: acabou de bater a espuma do leite e está limpando diligentemente o bocal do vaporizador. Gosta muito da máquina do café: gosta dos odores que ela conserva e o fato de que esteja sempre quente e borbulhante contra o gelo londrino. Gosta sobretudo de bater a espuma do leite. Agora já aprendeu a fazer isso muito bem, mas foi difícil: precisou de muito tempo. Seu instrutor — um rapaz napolitano — lhe disse mil vezes que o segredo está todo na experiência e na prática. E que, como diz Amanda Sandrelli a Massimo Troisi, para poder dar certo é preciso "experimentar, experimentar, experimentar..."*

Imi não conhece Amanda Sandrelli, mas tomou esse ensinamento ao pé da letra e se exercitou com persistência, inclusive durante o intervalo para o almoço: tanto que, no fim, conseguiu fazer um cappuccino ainda melhor e mais cremoso do que o de sempre. Os clientes habituais do café perceberam isso, e agora pedem que seja ele a prepará-lo.

Um fato positivo, mas a extraordinária gostosura do seu cappuccino acabou deixando Andrew e Victoria preocupados.

O cappuccino de Imi é realmente delicioso, mas é *diferente* dos outros: e isso põe em risco a política da Proper Coffee, que promete ao cliente a constante qualidade dos produtos em todas as suas cafeterias.

Eis por que Andrew e Victoria acabaram convocando Imi ao seu escritório e, depois de parabenizá-lo pelo empenho e pela criatividade, foram obrigados a proibi-lo de fazer o cappuccino tão bom, convidando-o a se limitar com mais rigor às orientações fornecidas pelo *Manual do Barman*.

---

* Alusão a *Non ci resta che piangere* (1984, literalmente "Só nos resta chorar", sem título comercial no Brasil), comédia dirigida por Roberto Benigni e Massimo Troisi, que também integram o elenco, ao lado de Amanda Sandrelli. (N. T.)

6.

Hoje, uma cliente americana grandalhona pediu a Imi alguma coisa em seu acentuado sotaque texano. Ele não entendeu nada: como poderia? Conhece bem o inglês, mas com os americanos sempre teve dificuldade: especialmente quando eles falam depressa demais e unem todas as palavras numa espécie de trava-língua.

Depois de repetir o pedido umas três vezes, a cliente americana perdeu a paciência: "*I Wanna Talk To Your Supervisor!*", trovejou. Andrew acorreu na mesma hora para tentar acalmá-la:

— A senhora tem *toda* a razão! Foi realmente *imperdoável*! O rapaz é novo aqui, e é estrangeiro: confundiu-se e não conseguiu compreendê-la. Garanto-lhe que isso não acontecerá mais!

Uma estratégia de bajulador, a dele: sempre eficaz com os clientes difíceis. Tanto que, no final, a mulher se desculpou pelo transtorno e até deixou uma libra no cestinho das gorjetas.

Andrew odeia os clientes criadores de caso, mas é pago para suportá-los. Já Imi tem medo deles: sobretudo quando se trata de mulheres tão robustas e corpulentas. Elas lhe recordam as gordas matronas austríacas que lotam os institutos de beleza de seu vilarejo: sempre pomposas, elegantes e desejosas de exibir suas joias por medo de passar despercebidas na miséria de Landor. Um vilarejo de fronteira, pobre, que elas frequentam de nariz empinado, mas que escolhem a fim de economizar algum dinheiro naqueles seus inúteis tratamentos estéticos.

Do lado de fora da vitrine, Imi sempre sentiu repulsa ao vê-las se instalar nas poltronas de barbeiro antes da tradicional massagem facial, e riu ao vê-las usar as ridículas toucas protetoras (que as faziam parecer carecas, doentes e já próximas da morte), para acabarem de pernas para o ar, quando o encosto da poltrona era abaixado sem muita graciosidade pelas jovens esteticistas.

Sobre aquelas faces enormes, já manchadas pelo tempo, as moças do instituto tentavam ressuscitar um pouco de beleza. Passavam sobre a pele chumaços impregnados de um creme cor-de-rosa e praticavam com os dedos uma rápida massagem que movia as faces flácidas das clientes de um modo grotesco e inatural.

Ao observar aquele espetáculo, Imi imaginava que sua mãe era uma delas. Fazia isso sempre, para se sentir sortudo por ser órfão. E para se convencer de que, às vezes, é melhor não ter pais.

(...)

Os apelidos são algo péssimo. Especialmente quando mergulham suas raízes na verdade. No orfanato, todos os meninos têm um. Imi também o tinha: era chamado "Filho da puta". Um apelido precipitado e injusto, porque não é absolutamente certo que sua mãe seja de fato prostituta. Ela poderia muito bem ser cabeleireira, esteticista ou — quem sabe — caixa de um bar. Aliás, o bilhete deixado no dia do abandono não é claro: "Tentei mantê-lo comigo, mas chora demais e os clientes reclamam" pode significar um monte de coisas!

Para se consolar, Imi imagina sempre uma hipotética tabacaria, um lugar pobre e lotado.

Sua mãe está empoleirada no banquinho diante da caixa registradora. Ao lado dela se encontra uma cesta oval, tendo dentro um recém-nascido que não para de chorar: é ele.

Por quatro ou cinco dias ninguém reclama, até que um cliente se impacienta: "Agora chega destes berros! Não dá para aguentar mais!", exclama em voz alta. Então o proprietário da tabacaria se aproxima da mãe de Imi e diz que assim não é possível continuar, que o bebê incomoda os clientes e que, se ela o levar para o trabalho mais uma vez, será obrigado a demiti-la.

Seguramente as coisas foram assim: a culpa foi somente dele: se não tivesse sido um chorão, sua mãe jamais o teria abandonado.

Eis como Imi descarta a possibilidade de que sua concepção tenha acontecido nos banheiros de um posto de gasolina, ao longo da autoestrada para Budapeste.

E seu pai?

Imi teme que ele também seja uma pessoa de quem se envergonhar.

Em vez disso, é um pintor de paredes de Györ que, para comemorar seus 18 anos, havia feito a bravata de ir às putas em companhia de um amigo. Os dois tinham se divertido bastante no bordel e, graças ao seu belo aspecto, haviam conseguido negociar um preço com desconto.

Se vale a pena mencionar, no momento em que Imi foi concebido sua mãe e seu pai estavam felizes.

E depois até se acariciaram.

Agora, o pai de Imi tem quase 37 anos.

E é um homem tão correto e escrupuloso que certamente cuidaria dele, se soubesse que o havia gerado.

Mas não sabe.

Porque o destino, com muita frequência, torna impossível a verdade. Esconde-a, ou então a altera, ou ainda a destrói. Afasta-a de nós para sempre e irremediavelmente.

Imi jamais conhecerá seu pai, e por toda a vida continuará a se entristecer imaginando uma mãe ocupada em humilhantes relações sexuais com clientes obesos.

Talvez por isso, desde quando ele mora em Londres, o bairro do Soho lhe dê engulhos.

Agora, foi parar casualmente na Rupert Street: uma rua cheia de prostitutas que detêm os transeuntes, convidando-os a entrar em seus quartinhos imundos.

Naturalmente, estão tentando fisgá-lo também. Chamam-no, assobiam, tentam atrair sua atenção de todos os modos. Uma prostituta já não muito jovem se aproxima e pergunta se ele não quer se divertir um pouco.

Imi permanece imóvel: está aterrorizado por ela, mas ao mesmo tempo atraído por seu busto generoso. Aos 18 anos, ainda é virgem, e isso o aborrece bastante. Com as prostitutas, porém, jamais conseguiria ir: sobretudo com uma daquela idade.

E quando a puta continua insistindo e lhe pousa a mão no ombro, ele, com timidez e sem sequer fitá-la nos olhos, diz: "Não posso: você poderia ser minha mãe."

Fala em voz baixa, quase com vergonha: sem imaginar que sua confissão, tão íntima e pessoal, será entendida pela mulher como um insulto por sua juventude já transcorrida.

(...)

Imi acaba de telefonar para o orfanato de Landor. Mandou chamar Árpád e lhe disse que havia comprado para ele um pôster gigantesco de Barbra Streisand.

    O pôster será expedido hoje mesmo e chegará a Landor em menos de uma semana. Árpád fica felicíssimo. Sente dentro de si uma alegria sem limites. Circula pelos aposentos do orfanato e abraça todo mundo. Mas não explica a ninguém o motivo de tanta felicidade: tem medo de ser ridicularizado por suas paixões.

7.

Andrew e Victoria terminaram há pouco seu turno de trabalho e estão voltando para casa de metrô. Durante esse longo trajeto, em vez de ler um livro ou um jornal, contentam-se com fitar um ponto no vazio, com o olhar abobalhado. Parecem quase mortos. Aos 32 anos, ainda não aprenderam a observar o mundo. Suas vidas, embora diferentes, são semelhantes: justamente como as casas onde habitam: conjugados anônimos, decorados com móveis impessoais e sem jamais um buquê de flores para colorir a atmosfera. Lugares que permanecem muito tempo em silêncio, desprovidos de eventos extraordinários, apenas aflorados por uma rotina mínima, feita de poucos hábitos e de pouquíssima felicidade.

Assim como Andrew, Victoria também prepara seu jantar com um pacote de macarrão congelado ou, de preferência, chama o delivery ali perto. O importante é não sujar mais pratos! Ambos estão cansados de pratos sujos. E precisam que pelo menos em suas casas reine a ordem.

Assim como Andrew, Victoria também encontra na televisão uma companhia ideal nas horas que se seguem ao jantar e precedem o sono.

Ela assiste aos talent shows: gosta do sistema de televoto. Quer ter voz ativa. E não importa que, no fundo, o televoto seja uma taxa para os idiotas, tampouco que seja absurdo pagar para expressar a própria opinião. Ela faz isso de qualquer forma: acha-o necessário sobretudo quando — terminado o horário de trabalho — sua autoridade desaparece de um momento para outro.

Já Andrew adora futebol: assiste a todas as partidas que pode. Especialmente as do Manchester United.

Ontem, para contrariar seu hábito, houve um blecaute que deixou a casa numa escuridão densa e repentina. Andrew olhou lá fora, pela janela, percebeu que todo o bairro estava mergulhado na sombra e acendeu logo uma vela; em seguida sentou-se no sofá para esperar que a eletricidade voltasse. Ficou assim, imóvel e sem pensamentos: embaraçado por se encontrar sozinho, em sua própria casa, e apavorado ao se dar conta, de repente, de que a vida, quando encarada, de fato dá medo. Melhor não refletir sobre nada. Por meio da reflexão não se pode chegar a nenhuma possível felicidade: convém se distrair, se entreter e talvez se dedicar a cultivar um grande sonho, como o de ganhar o prêmio de viagem estabelecido pela Proper Coffee para os dirigentes das cafeterias mais produtivas.

Na mente de Andrew, essa viagem se tornou uma verdadeira obsessão: ele vive pensando nisso, sempre que pode: até embaixo do chuveiro, até quando passa o fio dental antes de se deitar, à noite.

Para Victoria é diferente: ela já ganhou a tal viagem, mas ficou decepcionada. Era fevereiro e chovia o tempo todo: o grande hotel de Palma de Mallorca escolhido pela Proper Coffee estava com a piscina externa seca, cheia somente de água de chuva, de folhas, de lagartixas afogadas e de mosquitos destinados à decomposição.

Da janela de seu luxuoso quarto, Victoria olhava com pesar aquele espetáculo deprimente, lamentando-se por ter alcançado os objetivos da empresa nos meses invernais e não nos de verão.

Outros colegas mais sortudos tinham podido partir em junho, em julho e até em agosto. Mas eram os diretores das filiais de Brighton, de Bognor Regis e de Deal: todas localidades de mar, populares no verão e ricas de veranistas.

Embankment, porém, era uma zona de negócios, e, quando os grandes escritórios fechavam na época de férias, a clientela necessariamente diminuía.

Em suma, havia sido uma viagem detestável, até porque a Proper Coffee só pagava o pernoite, e Victoria — por causa da chuva contínua e da localização fora de mão do hotel — tinha sido obrigada a almoçar e a jantar no quarto: à própria custa, escolhendo no cardápio de entrega nos andares o que estivesse disponível de mais econômico. Havia até precisado beber água da torneira (embora tivesse gosto de encanamento) para economizar nas exorbitantes tarifas cobradas no minibar. Que droga! Tanto trabalho desperdiçado por umas férias falidas.

Claro, ela podia ter contado a Andrew: confessar-lhe que, no fundo, se tratava de um conto do vigário. No entanto, havia mantido reserva: para continuar encorajando a motivação do colega. A cafeteria por ela dirigida devia ser rentável, custasse o que custasse. Em sua obsessão de poder, esperava ser notada pelo senhor Carruthers e sonhava ocupar uma das quatro direções de área, para ter finalmente sob sua autoridade as lojas Proper Coffee de toda a Inglaterra.

(...)

Hoje a mãe de Imi morreu. Mas ele não sabe.

A mulher foi encontrada assassinada num estacionamento próximo ao estádio de Sopron.

Cortaram-lhe a garganta com uma faca de cozinha.

Enquanto sua mãe era agredida, Imi estava feliz porque um cliente lhe deixara uma libra esterlina de gorjeta em cima do balcão. Ele pegou aquela moeda entre os dedos e estava olhando a silhueta em relevo da rainha Elizabeth quando, pela emoção, a peça escorregou de sua mão.

Ao cair no piso, a moeda fez ruído. O ruído surdo e pesado da libra.

Foi naquele momento que sua mãe morreu.

Nunca haver conhecido os próprios pais tem uma única vantagem: a de não precisar enfrentar seu desaparecimento. E, pelo contrário, no dia da morte deles, poder estar feliz como nunca e pensar que a vida é verdadeiramente cheia de encanto e de maravilha.

(...)

A fronteira com a Áustria dista menos de dois quilômetros do orfanato onde Imi cresceu. Ele sempre gostou de caminhar naquela direção: chegar às guaritas da alfândega húngara e avistar, pouco adiante, as austríacas, bem mais respeitáveis e solenes. No meio há uma espécie de terra de ninguém: campos de girassóis que Imi não conseguia enquadrar politicamente.

Quando ainda era menor, e não podia sair de seu país, contentava-se com olhar a Áustria de longe.

Tornara-se particularmente emblemática para ele a pedra branca e quadrada que — não longe da guarita dos aduaneiros — marcava o limite exato entre os dois Estados. Era uma pedra pequena, irrisória em relação ao significado que representava. Em sua superfície havia sido traçada uma linha negra, fina. De um lado via-se esculpida a letra Ö (símbolo da Áustria) e, do outro, a letra M (símbolo da Hungria).*

---

* Ou seja, *Österreich* e *Magyar*. (N. T.)

Com o passar dos anos, os funcionários da alfândega haviam simpatizado com Imi: tratavam-no com gentileza, ofereciam-lhe salsichas e às vezes permitiam que ele se sentasse sobre aquela pedra que lhe era tão cara, a cavaleiro entre os dois Estados, com uma perna na Áustria e outra na Hungria.

Imi havia crescido assim, no mito de uma Europa ocidental tão próxima quanto inacessível: escutando as narrativas dos aduaneiros que falavam de supermercados com vinte tipos diferentes de água mineral e de luxuosos palacetes em cujos jardins podiam-se encontrar gangorras, piscinas e até estátuas de Branca de Neve e os sete anões.

Adiante da linha de fronteira, tudo mudava de repente. Até o asfalto logo se tornava supernegro e homogêneo, já sem buracos nem imperfeições.

Atraído por tantas maravilhas, no dia de seu décimo oitavo aniversário Imi se apresentara na comarca de manhã cedo para solicitar ao funcionário uma carteira de identidade válida no estrangeiro. Logo depois — com uma emoção difícil de descrever e até de imaginar —, dirigira-se de bicicleta à guarita dos aduaneiros e finalmente atravessara a fronteira para valer.

Estava curioso pelo mundo. Queria conhecê-lo todo: sentia necessidade de se confrontar com aquela realidade diferente que lhe fora proibida por muito tempo.

A Áustria era exatamente como ele havia pensado: havia pistas de ciclismo e, nos campos de trigo, cresciam papoulas roxas. As casas eram imaculadas, os palacetes, suntuosos, e no alto de uma montanha havia um castelo branco que parecia suspenso entre as nuvens. Os supermercados eram de fato grandiosos e vendiam coisas nunca vistas: brotos de soja para colocar na salada, *aspic* de verduras em gelatina, frutas exóticas e pão de cenoura.

A partir daquele dia, de vez em quando Imi ia à missa dominical na aldeia de Lockenhaus para ver os filhos de famílias ricas aprisionados em suas horrendas roupas engomadas. Fazia isso para se sentir afortunado com o próprio destino e para recordar a si mesmo que, às vezes, os filhos são muito mais úteis aos pais do que estes aos filhos.

Também gostava quando os motociclistas, metidos em suas negras armaduras de material sintético, saíam da sorveteria segurando com mãos infantis casquinhas de morango cor-de-rosa e com creme batido.

Tudo era muito caro: custava pelo menos o triplo do cobrado na sua aldeia. No entanto, com o pouco dinheiro de que dispunha, muitas vezes Imi comprava pequenas guloseimas para compartilhar com os outros órfãos: chocolate com iogurte, bolinhas de marzipã, bombons refrescantes e até aspargos (que Ádám, na primeira vez, havia confundido com marcadores de texto).

Imi estava revendo tudo isso com os olhos da memória quando Lynne lhe pediu que a acompanhasse ao mercado de Borough.

8.

Borough é o mercado mais famoso da Inglaterra. Nada a ver com o húngaro de Landor, onde os pobres camponeses, no máximo, vendem um pouco de salsa, um raminho de menta, duas cebolas e uma cabeça de alho. Alguém propõe couve em conserva e carne defumada, e há quem traga leite de cabra recém-tirado. Nos dias de festa, vem até um confeiteiro que, no espaço restrito de sua caminhonete azul, prepara um estranho doce em forma de topo de chaminé, desenforna-o continuamente e o pulveriza, conforme o pedido, com açúcar ou com canela.

No outono, uma velhinha traz alguns pequenos cogumelos que crescem sobre a casca das árvores. Passa dias inteiros recolhendo-os e, esperançosa, oferece-os aos passantes sobre seu banquinho de pedra. Diante de si tem três xícaras diferentes de ágata que servem para dosar os cogumelos. É delicada com eles, manuseia-os como se fossem borboletas, sobretudo quando os acondiciona graciosamente nos sacos vazios de farinha que trouxe de casa. Sorri a todos, mas é desconfiada e, quando lhe pagam, sempre conta o dinheiro duas vezes.

— Imi! Venha cá! Veja! Eles têm vieiras! — exclama Lynne com impaciência. Imi observa com suspeita aqueles esquisitos moluscos branco-alaranjados e diz que parecem botões. Lynne sorri de sua ingenuidade. Já de volta em casa, porém, grelha rapidamente duas para ele: quer fazê-lo conhecer aquele sabor delicioso.

Imi experimenta uma vieira com hesitação, e logo depois pronuncia a frase mais equivocada possível. Pergunta:

— Na outra, posso botar um pouco de ketchup?

Instantaneamente o rosto de Lynne se transforma numa careta de desconcerto.

A preparação do jantar transcorre assim, em harmonia gastronômica, até que Lynne percebe que não restou sequer um grãozinho de sal.

— Imi! Estamos sem sal! Vá ver se a vizinha nos empresta um pouco...

E ele:

— Ficou maluca? Não vou à casa daquela doida nem morto!

— Pois faz mal, meu anjo: tudo é experiência! A gente cresce também desse jeito.

— Se você diz... mas o que se pode aprender com uma mulher daquelas?

— Bom, vejamos: para começar, você pode se considerar sortudo por não ser como ela. E também deve realmente ver a casa! Um mausoléu, um necrotério! Tudo desinfetado e polido!

— Tudo bem, tudo bem, eu vou. Mas você vai ver só quantos bilhetinhos de reclamação esse punhado de sal vai lhe custar!

9.

A senhora Haines acaba de abrir a porta. Está vestida de preto e usa uma saia muito comprida. Sua casa é impecável como os compartimentos dos museus. Inclusive por isso, Imi se dirige a ela com reverência:

— Senhora Haines, lamento muitíssimo incomodá-la, mas esta noite vamos dar uma festa e não temos mais sal...

— Uma festa? Meu Deus! Outra? E a que horas acaba? Não será como na última vez? Às duas da madrugada, ainda se ouviam gargalhadas escandalosas!

— Não, senhora Haines, esta noite os convidados serão mais disciplinados e não vão incomodá-la! — improvisa Imi.

— Hummm... tenho minhas dúvidas. Seja como for, pode-se saber o que vocês estão comemorando desta vez?

— Nada em especial.

— Estamos indo bem! Chegamos a fazer festas sem motivo, como o Chapeleiro Maluco. Bom não aniversário a todos!

— Mas as festas são bonitas, senhora Haines.

— Rapazinho, as festas são confusão, mexericos. Não se deixe enganar pelas aparências. São todos gente que vem para comer de graça.

— Mas nós nos divertimos, rimos e conhecemos pessoas novas...

— Como se houvesse motivo para rir. Não ouviu falar do terremoto, ontem à noite? Todas aquelas pessoas mortas, e vocês estourando de gargalhadas na cara delas. Não se envergonham?

Imi guarda silêncio. Imagina que a senhora Haines, se soubesse de suas competições de arrotos com os outros órfãos de Landor, iria expulsá-lo na mesma hora.

Enquanto ele pensa isso, ela o observa com inveja de Lynne, por ter em casa um rapaz tão jovem e bonito. Acaba fazendo um comentário maldoso:

— Se eu fosse você, Imi, tomaria muito cuidado com aquela mulher.

— Lynne?

— Sim! Ela só frequenta jovenzinhos, justamente como você e como aquele aluno de tango que se demora todas as quartas-feiras à noite. Acha que não escuto? Fazem uma bela farra. E você já se perguntou por quê? Já se perguntou por que ela lhe deu hospedagem de graça?

— Porque Lynne é uma pessoa generosa — responde Imi.

Então a vizinha começa a perder a paciência:

— A generosidade não existe, meu rapaz! Ninguém faz nada a troco de nada. Lynne é uma mulher sozinha e não se conforma com isso; precisa roubar energia das pessoas jovens como você. Assim que se mudou para cá, tentou mil vezes me convidar para jantar e para suas festas absurdas. Porém jamais caí nessa. Os convites para jantar são terríveis: você tem que comer tudo o que lhe oferecem. Não há nada a fazer: é uma questão de educação. Uma verdadeira armadilha, meu rapaz. Sem falar que, depois, você ainda deve agradecer. Ah, sim, porque, no final, quem o convidou para jantar faz também a figura do benfeitor! Percebe?

Imi está encabulado: se já estivesse com o sal na mão, poderia se despedir da senhora Haines e ir embora correndo.

Só que ela continua falando e não traz o sal:

— Digo isto para ajudá-lo, meu rapaz: aquela é uma dominadora. Alguém que quer moldar você e lhe impor sua própria personalidade. Tentou fazer isso até comigo, o que acha? Uma vez, no Natal, me trouxe um presente enorme: um espelho com uma grosseira moldura dourada (coisa de bordel). Como se permitiu? Já pensou? Queria me impor o seu espelho, o seu estilo, a sua personalidade. Queria invadir a minha casa. Mas não permiti. E dei o espelho aos pobres. Preste atenção: o cavalo de Troia também era um presente. Os presentes são perigosíssimos, ainda mais perigosos do que os convites para jantar.

Imi responde, incisivo:

— Sempre gosto dos presentes, talvez porque eu tenha ganhado tão poucos...

— Não existe pior surdo do que aquele que não quer ouvir, rapazinho! De qualquer modo, avisei: fique de olho naquela mulher. Aliás, sei que ela sempre tenta um jeito de se apoderar da minha casa, toda hora é uma desculpa. Agora foi o sal! Tudo bem, tome, pode levar! Sempre tenho uma reserva, para não precisar incomodar ninguém. Na vida, as pessoas deviam ser autossuficientes. E ela, o que faz? Depende de todo mundo, desde a manhã até a noite. Depende de mim, depende de você, depende dos amigos. E sabe por quê? Porque é uma pessoa que vive apenas o momento. Não sabe planejar, não sabe prever.

"Veja, por exemplo, a pia de sua cozinha: certamente ela não coloca nem ralo para proteger o encanamento. E lá se vão folhas de salsa, talos, sobras de comida! Aquilo não demora a entupir, e, como sempre, ela não terá dinheiro para pagar ao bombeiro e deverá pedir ajuda a alguém, continuar a depender dos outros..."

A essa altura, Imi já não tem palavras. Olha a senhora Haines e pensa que o mundo está cheio de pessoas inutilmente complicadas.

10.

Hoje de manhã, Imi está um tanto confuso: apesar das promessas feitas à senhora Haines, a festa ontem se prolongou até tarde, em meio a músicas espanholas, velas e fortes bebidas alcoólicas. "Nossa Senhora, que dor de cabeça!", pensa Imi assim que o despertador toca e ao se dar conta de que não está com a menor vontade de trabalhar. No entanto, precisa correr, do contrário chegará atrasado.

Como sempre, a linha vermelha do metrô está lotada e é preciso dar cotoveladas para conseguir lugar, mesmo em pé. Maldição! Que ar viciado, que fedor de suor!

Por sorte, é também turno de Jordi, o rapaz espanhol, no bar. Uma amizade recente, a deles, nascida graças a uma senhora idosa que, algumas semanas atrás, entrou na cafeteria de Embankment para pedir um copo d'água da torneira a fim de tomar um comprimido.

Ao satisfazê-la, Imi jamais imaginaria que Victoria se enfureceria com ele:

— Por acaso você deu um copo de água da torneira àquela mulher?

— Sim, dei. Por quê? Fiz mal?

E ela:

— Não percebe? Aquela mulher não comprou nada. Não é sequer cliente da nossa cafeteria. Para nós, ela não é nada! As garrafas de água custam uma libra e sessenta e cinco, sem contar que nas fontes do parque é possível beber de graça!

Imi achou absurdo tanto barulho por um copo d'água e — embora Lynne o tenha proibido de contestar seus superiores — disse a Victoria que não via nada errado em dar de beber a quem tem sede. Ao falar, levantou um pouco o tom de voz. Um fato inconveniente na Inglaterra.

Jordi — que estava ali ao lado — se intrometeu, com sua postura revolucionária. Defendeu Imi. Terminado o turno, ambos foram chamados à sala de Victoria para uma bela espinafração. Desta vez não haveria nenhuma advertência por escrito, mas ficou claro para os dois que, no futuro, comportamentos daquele tipo (e não alinhados com o manual do café) seriam punidos severamente.

(...)

Agora é noite no orfanato de Landor. E está escuro, porque Berta *neni* apagou todas as luzes. No entanto, no terceiro dormitório, uma antiga velinha de aniversário foi acesa furtivamente, e os garotos se reuniram em torno do leito de Fábián, o qual, tendo completado há pouco 18 anos, pôde atravessar a fronteira com a Áustria e ir de bicicleta até Lockenhaus.

Lockenhaus é um lugar amaldiçoado, e seu castelo branco, suspenso entre as nuvens, é cheio de fantasmas. Os garotos estão curiosíssimos. Querem saber sobre a condessa sanguinária e suas vítimas, torturadas em nome do sadismo, da magia negra e da vaidade.

Fábián é bom narrador e consegue manter alta a tensão, cochichando:

— Eram todas virgens. A condessa as raptava e matava uma a uma. Sem piedade. Depois tomava banho no sangue delas, para manter intacta sua beleza, e afastar o espectro da velhice.

"Nascida em Nyírbátor, em 7 de agosto de 1560, Elisabeth Báthory sofria de epilepsia e esquizofrenia desde a infância. Gostava de se vestir de homem. Aos 11 anos, ficou noiva de Ferenc Nádasdy, um primo seu, príncipe da Transilvânia.

"Ele também era sádico: besuntava com mel suas jovens servas e as atava junto às colmeias para serem picadas até a morte pelas abelhas."

Enquanto Fábián conta, os meninos se aglomeram em torno de seu catre. E o escutam com o coração disparado. Até os hamsters de Jákob, agora, pararam de correr na roda de plástico e também parecem ocupados em ouvir aquela narrativa com certo espanto.

— A condessa Báthory era perversa. Organizava orgias e sessões de magia negra. Era má em níveis inacreditáveis com as moças que aprisionava: arrancava-lhes os olhos e as torturava com ferros em brasa. Gritava de prazer ao fazer isso, e seu rosto se tornava demoníaco. Era bestial até com suas servas, e bastava um pequeno atraso ou um esquecimento qualquer para que ela as punisse queimando-lhes as mãos untadas de óleo. Às que tentavam fugir, Elisabeth reservava uma sorte ainda mais atroz: expunha-as nuas ao gelo invernal, cobertas de água para que morressem enregeladas.

— Quantas pessoas ela matou? — pergunta Filip com um fio de voz. — Quantas?... Quantas?... — ecoam os outros meninos sussurrando, por medo de que Berta *neni* os escute.

Fábián responde que Báthory matou mais de seiscentas moças. Quase setecentas, para falar a verdade. E acrescenta que as vítimas seriam muitas mais, se o imperador Matias II não a tivesse detido, incriminando-a por seus delitos e condenando-a a ser emparedada viva.

A narrativa de Fábián é apavorante, sobretudo por ser verdadeira. Esta noite, os comprimidos contra xixi na cama servirão bem pouco, e amanhã de manhã muitos colchões deverão ser levados para o jardim a fim de secarem rapidamente ao sol.

Somente István parece não ter medo. Seus olhos maldosos, iluminados pela chama tremulante da velinha, são perturbadores:

enormes, azuis e contornados por espessos cílios negros. Agora, o que dá medo é sobretudo seu sorriso satisfeito. István é um menino mau: mordeu a mão do policial que o trouxe ao orfanato, quebrou de propósito o vidro de uma janela e, enquanto todos dormem, se diverte lambuzando com pasta de dentes os cabelos dos outros. Entre todos os garotos do orfanato, ele é seguramente o menos amado. Chegou há pouco, ocupou o lugar de Imre. E agora dorme na cama que foi dele. Para todos, foi uma péssima troca.

E é justamente quando István sorri satisfeito com as atrocidades cometidas pela condessa sanguinária que a velinha de aniversário acaba e o escuro se apresenta repentino, em sua totalidade, alimentando o medo.

Cada criança, em silêncio, retorna logo ao próprio catre. Ao contar a história de Elisabeth Báthory, Fábián se dá conta da periculosidade do mundo. Tanto que o orfanato, agora, já não lhe parece uma prisão, mas sim uma concha, capaz de protegê-lo e de fazê-lo se sentir em segurança. Apesar de tudo, enfia a mão no bolso do pijama em busca de sua lâmina. Está prestes a tirá-la. Está prestes a se cortar de novo. Mas recorda o que Ada *neni* lhe disse e percebe que continuar a fazer isso seria realmente errado. Já está quase convencido. Quase deixando para lá. Mas não consegue. O apelo da dor que ele se inflige é mais forte do que qualquer raciocínio. E, como em todos os outros dias, também dominará sua vontade esta noite.

(...)

Por que Fábián se corta? Por que esta noite fez isso de novo, mesmo tendo compreendido que está errado?

A verdade é que se cortar tornou-se necessário para ele, porque o livra de um peso: de um sentimento de culpa que ele sente crescer dentro de si, mas não consegue interpretar. As reprimendas de Ada *neni*, esta manhã, apenas pioraram as coisas, agravando seu mal-estar. E não importa que, depois, ela o tenha abraçado como uma mãe. Fábián acabou de se cortar de novo, e amanhã fará isso mais uma vez.

Se fosse filho de pais abastados, seria confiado aos cuidados de um luminar da psiquiatria, e esse psiquiatra, de tanto escavar sua mente e escarafunchar seu inconsciente, descobriria a verdade. Uma verdade paga a preço alto e que talvez lhe permitisse curar-se da compulsão.

Mas ele mora num orfanato. E não tem dinheiro.

Então, só lhe resta lutar como um cego, desafiando a cada dia a parte obscura de sua vontade, ao custo de continuar falhando e de não compreender por que começou a se cortar nem a qual suporte poderia se agarrar para conseguir parar com isso.

11.

Imi e Jordi passeiam juntos com frequência, descobrindo Londres, o colossal quebra-cabeça que ambos escolheram para sua nova vida. Jordi mora na cidade há bastante tempo: é um rapaz esperto, safo e também cínico. Quer bem a Imi, mas não suporta que este seja entusiasta da Proper Coffee. Ele, ao contrário, considera-a uma empresa desonesta.

Diz sempre que ali dentro "são todos uns filhos da puta e que o único objetivo deles é invadir o mundo". Mas Imi nunca está de acordo. Então Jordi se impacienta:

— Viu o rapaz nigeriano? Sempre escondido lá nos fundos, lavando a salada e confeccionando sanduíches... política antirracista, uma ova! Esses safados apregoam como qualidades seus próprios defeitos!

Jordi também conta a Imi que o visto temporário dos jovens lituanos venceu faz algum tempo. Eles deveriam ser dispensados, mas Victoria e Andrew não fazem isso. Preferem trocar seu silêncio por muitas horas de trabalho extraordinário não remunerado. Tudo por aquela maldita viagem a Palma de Mallorca, prêmio de produção para os dirigentes das cafeterias mais rendosas. Eis por que os rapazes das repúblicas bálticas são chantageados: suas horas extras não remuneradas falseiam as estatísticas e quase com certeza permitirão que Victoria e Andrew saiam de férias à custa da empresa.

Imi não tem palavras. A Proper Coffee lhe parecera uma empresa fantástica, um verdadeiro exemplo de democracia e de justiça:

— Na Hungria, você nem sonha com um salário desses, e também o pessoal da Proper Coffee não é racista como você diz. Não esqueça que eles importam o açúcar de cana da Guatemala e pagam o preço justo. É o contrário de massacrar aquelas populações subdesenvolvidas. Chama-se *fair trade*. Não leu no manual?

Jordi perde a paciência:

— Como você é ingênuo, Imi! Está realmente convencido de que eles são uns benfeitores. Certo, é verdade, compram o açúcar de cana da Guatemala e fazem várias outras espertezas de fachada para enganar pessoas como você. Mas o café, o chocolate e o resto, de onde provêm? Já se perguntou? E as poltronas, as xícaras? Tudo "made in China", em galpões que funcionam à custa de crianças obrigadas a trabalhar doze ou treze horas por dia.

Imi está confuso. Os argumentos de Jordi parecem convincentes, mas continuam lhe parecendo absurdos. Será melhor conversar com Lynne sobre tudo isso: ela é sensata e certamente saberá ajudá-lo a descobrir a verdade.

12.

Agora a vizinha de Lynne se encontra num café em Pimlico. Não se sente muito bem e acaba de pedir ao garçom que lhe traga um copo d'água. Olha ao redor. Tem medo de que alguém a tenha visto. Por sorte, as mesas vizinhas estão vazias!

A senhora Haines começa a sentir palpitações; guarda a moeda que mantinha entre os dedos e olha ao redor mais uma vez. Um garçom está se aproximando com o copo d'água pedido.

— A senhora está bem? — pergunta, quando nota que ela tem a testa perolada de suor.

— Estou ótima — retruca Haines apressadamente. Mas o garçom não se afasta. Quer ser pago logo: duas libras e trinta.

A vizinha está agitada. Recupera a moeda que acabou de colocar no bolso, pousa-a sobre o balcão e nervosamente procura outras na bolsinha. Enquanto faz isso, começa a sentir muito calor. Um calor exasperante, que faz o suor escorrer entre seus seios, banhando-lhe a camiseta regata.

— Tem certeza de que está bem? — pergunta de novo o garçom.

— Já lhe disse que estou ótima! — insiste a senhora Haines. Depois, quase de imediato, deixa sobre o balcão as três libras necessárias, levanta-se e vai embora.

Lá fora faz muito frio.

"Vou pegar uma bronquite!", pensa ela, abotoando o casaco e ajeitando a echarpe bem apertada em torno do pescoço.

Não sabe aonde ir. Sente o suor grudar-lhe a camiseta ao corpo: isso lhe provoca muito desconforto e também aborrecimento.

A estação do metrô em Pimlico, a pé, fica longe. Ela já queria estar em casa, poder tirar as roupas úmidas e se enfiar num banho quente. Mas deve continuar caminhando. Está agitada, movimenta-se depressa, e isso a faz suar ainda mais. As palpitações se impõem. A senhora Haines se preocupa. Já esteve no cardiologista umas quatro ou cinco vezes por causa dessas malditas palpitações. E o médico não soube fazer outra coisa além de lhe prescrever florais de Bach em gotas. Para tomar conforme a necessidade, pingando embaixo da língua. Um remédio homeopático. Para transtornos psicossomáticos.

A senhora Haines leva sempre um frasquinho daquilo. Agora o procura em sua bolsa na qual cabe tudo, mas não o encontra. Enquanto ela continua caminhando, ligeira, sua mão remexe entre carteiras, rosários, bombons e tralhas de todo tipo. Por sorte, um táxi livre surge ao longe.

A senhora Haines o detém com um gesto militar: não pensa duas vezes:

— Para Gore Road, em Victoria Park — ordena, ofegando.

Sabe lá quanto vai custar! Com todo esse trânsito, serão pelo menos vinte libras esterlinas! Mas não importa. A saúde acima de tudo.

E assim, na intimidade oferecida pelos táxis britânicos — com o motorista isolado por uma espessa placa de vidro —, a vizinha pode finalmente desabotoar o casaco, encontrar o floral de Bach e, servindo-se do espelhinho do pó compacto, pingar onze gotas sob a língua. Depois procura um lenço e, quando o encontra, enxuga a testa e o peito. O coração diminui os batimentos. De fato há muito trânsito hoje em Londres. E, para chegar a Gore Road, o motorista levará pelo menos uma hora.

A vizinha mete furtivamente a mão no bolso e, com as pontas dos dedos, acaricia o cartãozinho quadrado que, com circunspecção, havia escondido pouco antes de o garçom lhe trazer a água.

Quatro mil libras esterlinas. O que fará com tanto dinheiro?

E pensar que sempre foi contra a Raspadinha, por medo de criar o hábito e de acabar no circuito dos jogadores de azar. De rua em rua, de semáforo em semáforo, a senhora Haines imagina férias asiáticas em suntuosos hotéis cinco estrelas, jantares super-requintados no Rules em Covent Garden, ingressos na plateia para o Teatro da Ópera e, ainda, um novo sofá estofado em damasco veneziano.

Até que chega em casa e, com alívio, pode se abandonar à tranquilizante tepidez da banheira.

Ali, com a cabeça bem-apoiada numa toalha enrolada atrás da nuca, fecha os olhos e pensa de novo em todo aquele dinheiro. Está claro: não o desperdiçará em tolices fúteis. Em vez disso, vai depositá-lo no banco. O dinheiro ficará ali, à disposição, em caso de emergência. Tal decisão, para a senhora Haines, é a melhor possível.

A ideia de poder contar com tanto dinheiro, intacto, contra os imprevistos do destino, torna-a plenamente feliz.

TERCEIRO ATO
Clientes misteriosos e outras complicações do café

1.

O carteiro acaba de entregar a Imi uma correspondência importante da Proper Coffee. Imi a lê de um só fôlego e de repente exclama:

— Lynne! Lynne! Grandes notícias do café! Veja! Está escrito aqui: novas oportunidades e novos benefícios para todos!

Intrigada por tanta generosidade inesperada, Lynne lê a carta com atenção.

— Por que você não diz nada? — pergunta Imi.

E ela:

— Porque por trás desta carta tem dente de coelho.

— Que coelho?

— Um coelho com cheiro de queimado, Imi.

— Mas por quê? A carta só fala de notícias extraordinárias. Você não leu?

— Não acredito muito. Você verá que, como sempre, é uma má notícia devidamente mascarada por um time de especialistas em comunicação e mestres em trapaça.

Imi está confuso.

— Bem... uma empresa como a Proper Coffee certamente não pode anunciar um corte nos salários de um dia para outro, ou talvez uma nova restrição — diz Lynne. — E, assim, tenta dourar a pílula como pode. Você vai ver. Com essa novidade, eles vão lhe oferecer um pequeno benefício, mas tenha certeza de que, em troca, vão lhe tirar muito mais. — E continua: — Pelo tom da carta, meu jovem amigo, acho mesmo que se trata de uma mutreta. Lembre-se: quando alguém menciona a palavra *oportunidade*, convém desconfiar!

Imi está mesmo confuso. Afinal, por que Lynne e Jordi sempre falam mal da Proper Coffee, uma empresa tão honesta e generosa a ponto de oferecer aos empregados salários excelentes e até o privilégio de uma festa natalina, com muito panetone e espumante grátis para todos?

2.

A cafeteria de Embankment na qual Imi trabalha ainda está fechada ao público, mas seus funcionários já se encontram lá dentro. Victoria e Andrew acabam de se instalar atrás do balcão e seguram uns papéis azuis. São 8 em ponto, e em todas as cafeterias da Proper Coffee os vários diretores de filial estão prestes a informar aos empregados a extraordinária novidade destinada a revolucionar a vida laboral deles.

Com um amplo sorriso empresarial, Victoria toma a palavra. Ontem à noite, depois de jantar uma bela porção de lasanha congelada, ensaiou seu discurso por três vezes diante do espelho. E foi competentíssima. É por isso que, agora, não tem medo de errar e está certa de que tudo correrá bem. Então, começa:

— Caros funcionários, hoje é um dia importante na história da Proper Coffee. Há dez anos, nossas cafeterias fazem sucesso no Reino Unido. E daqui a menos de uma hora — ela diz isso depois de olhar rapidamente o relógio —, em Paris, no bulevar Saint-Germain, será inaugurada a primeira cafeteria Proper Coffee de além-Mancha. Cortarão a fita inaugural o senhor Carruthers, o ministro francês da Economia e a pop star Lilli Wanhore. Uma conquista importantíssima, que marca o início da nossa expansão em todo o mundo:

da Itália aos Estados Unidos, da Holanda à Argentina. Até os mais remotos territórios da Rússia.

Imi escuta com emoção essas palavras e espera que, um dia, a Proper Coffee inaugure uma filial inclusive no vilarejo de Landor. Quem sabe, talvez, com um pouco de sorte ele poderá se tornar o diretor do local.

Ontem Lynne certamente se enganou! Não há nenhum truque, e as notícias comunicadas serão todas excelentes!

Enquanto isso, Victoria continua a pronunciar o discurso que decorou diante do espelho do banheiro de sua casa:

— Para festejar esse evento memorável, a Proper Coffee decidiu instituir uma nova política empresarial, destinada a premiar seus melhores funcionários.

Pausa. Assim estava escrito nas instruções do senhor Carruthers (embora a duração desse silêncio não estivesse especificada). Um estratagema para aumentar a tensão emocional entre os empregados. Então, Victoria conta até cinco antes de retomar a palavra — cinco segundos devem ter lhe parecido um tempo suficientemente longo:

— De hoje em diante, um cliente misterioso, especializado nos altíssimos padrões da Proper Coffee, visitará regularmente nossas cafeterias. Não será reconhecível de modo algum, e sua tarefa será avaliar os serviços de vocês mesmo quando nós, diretores de filial, estivermos ocupados em outras atividades. A grande notícia é que esse cliente misterioso poderá atribuir aos funcionários mais meritórios, a cada dia, dez vale-compras de cem libras cada um. Os vales poderão ser usados na Harrods, na Selfridges, no Virgin Megastore de Picadilly Circus e em muitos outros templos londrinos do shopping.

Outra pequena pausa. Em seguida, Victoria continua:

— Uma maravilhosa oportunidade (*oportunidade*, repete Imi mentalmente, recordando as palavras de Lynne...), graças à qual os funcionários mais eficientes poderão se permitir o luxo de adquirir sapatos de grife, DVDs, jogos para o PlayStation. Em suma, tudo o que há de mais desejável no mercado.

Assim que Victoria acaba de falar, um entusiasmo espontâneo explode entre todos os empregados da cafeteria.

Ela sorri mais uma vez, deixa que a confusão reine um pouquinho e, quando já faltam alguns poucos minutos para a abertura da loja, chama de novo a atenção geral, para concluir seu discurso:

— Naturalmente, o cliente misterioso terá também a tarefa de apontar à direção as negligências dos funcionários menos eficientes, que poderão ser alvo de advertências por escrito e de procedimentos disciplinares.

E, com esperteza, especifica:

— Mas não se preocupem com esse aspecto: todos vocês trabalham perfeitamente, e a novidade do cliente misterioso estará destinada a trazer somente alegria e felicidade às suas vidas!

Imi ainda não percebeu que de fato Lynne tinha razão. Jordi, porém, esperto como é, comenta:

— A partir de hoje, somos jumentos atraídos pela cenoura à nossa frente.

3.

Graças à novidade do cliente misterioso, os empregados da Proper Coffee trabalham com mais empenho e dedicação. Sorriem com frequência e procuram impressionar os fregueses com sua cortesia e sua disponibilidade. Esperam sempre topar com o cliente misterioso e receber o vale-compras de cem libras, concedido graças à avaliação positiva que tiverem. E assim — tal como Andrew sonha ganhar a viagem a Palma de Mallorca — os outros empregados da Proper Coffee fantasiam muitas vezes sobre como gastar todo aquele dinheiro. Entre eles, uns comprariam roupas; outros, livros; outros, perfumes; e outros, ainda, prefeririam torrar tudo na *food hall* de Selfridges, talvez numa prestigiosa garrafa de champanhe.

Como de hábito, o senhor Carruthers conseguira acertar o alvo. Sem grandes despesas, havia turbinado seus subordinados, motivando-os a trabalhar melhor, pelo menos enquanto não se dessem conta de que, na verdade, a possibilidade de ganhar o prêmio era um tanto irrisória. Jordi foi um dos primeiros a perceber que a história do cliente misterioso era uma enganação. Pelo cálculo das probabilidades, um empregado deveria trabalhar à perfeição durante anos, antes de receber um vale-compras, e, em contraposição, correr o risco de ser exposto a advertências escritas, a procedimentos disciplinares e até a demissão, talvez por uma bobagem ou um esquecimento denunciados aos dirigentes da cafeteria por aquele mesmo cliente misterioso, travestido de benfeitor.

4.

Manhã de sábado. Ainda não são dez horas, mas a senhora Haines já está diante da porta da cabeleireira. Chega sempre antecipada aos poucos compromissos que tem. Adora ser a primeira cliente do dia, ter certeza de que não precisará esperar na saleta das más-línguas: um lugar inconveniente, onde os segredos dos outros são arbitrariamente discutidos em voz alta. Que vulgaridade! Que falta de educação! À tagarelice e à fofoca, a senhora Haines prefere o conforto do silêncio possibilitado pela atmosfera embalada a vácuo de sua casa monacal: uma fortaleza na qual a solidão sempre foi considerada uma conquista, e nunca uma derrota.

A cabeleireira sente pena dela: considera-a uma mulher incapaz de perceber que a possibilidade de compartilhar as próprias emoções com os outros é um aspecto fundamental da existência: uma troca necessária e indispensável a fim de garantir ao mundo harmonia e continuidade. Do contrário, as pessoas se arriscam a tornar-se como aposentos vazios, cheios somente delas mesmas: seres egoístas, capazes de despedaçar o próprio coração só para não o dar aos outros.

É estranho, a gente imagina que no salão de uma cabeleireira reine a confusão: o rádio sintonizado numa estação ao acaso, a água escorrendo das torneiras, o sopro elétrico dos secadores, o vozerio das clientes em espera, o telefone tocando, o ruído rítmico e constante das tesouras... No entanto, esta manhã o silêncio é tão denso e inatural que uma simples tosse seria tão clamorosa quanto um engavetamento na estrada.

O fato é que a senhora Haines não gosta de conversar enquanto a cabeleireira esconde com tintura preta a raiz de seus cabelos cansados. Então, mantém-se calada, e o silêncio se difunde por todo o salão como uma névoa pesada.

Justamente naquele momento, porém, Lynne se aproxima da banca e compra um jornal. Na primeira página vê-se a foto em preto e branco de uma mulher. Uma Medusa moderna. Seus olhos são uma pura e autêntica representação do mal. Quatro letras, apenas, reinam em caixa-alta: DEAD, está escrito em página inteira, para anunciar uma morte esperada e desejada por milhões de pessoas.

As mãos de Lynne começam a tremer de emoção.

Finalmente, ela morreu! Finalmente já não existe: já não existe e nunca mais poderá fazer mal a ninguém!

Quem a matou não foi Deus (porque, se pudesse, Deus o teria feito bem antes que ela destruísse tantas vidas), mas uma infecção pulmonar, causada pelo excesso de cigarros. É o que está escrito no jornal: que ela será cremada e que pouco antes de seu falecimento o padre lhe concedeu a extrema-unção. Quem sabe: talvez até a tenha absolvido de seus pecados atrozes, iludindo-se de que isso bastaria para salvá-la das mãos do Diabo!

Lynne, ao contrário, espera que ontem à noite, para receber aquela puta, os mais imponentes portões do inferno tenham se escancarado e que um longo tapete vermelho tenha sido especialmente estendido em homenagem a ela pelo Demônio. Enquanto pensa nisso, percebe estar tão excitada que não consegue reter toda aquela alegria dentro de si. Uma notícia dessas não pode ser vivida em solidão, tem que ser compartilhada, é preciso correr e abraçar alguém, é preciso gritar de raiva e de alegria: mas não sozinha. Eis por que Lynne, instintivamente, entra no salão: justamente quando a cabeleireira está acabando de espalhar a tintura preta sobre as raízes brancas da senhora Haines. Abre a porta de chofre, com a força de um tanque de guerra, e brada:

— Myra Hindley morreu!

Imediatamente, sua vizinha de casa e a cabeleireira se voltam para olhá-la. A senhora Haines fica irritada com a interrupção, mas sente a emoção crescer dentro de si. A cabeleireira, porém, já grita de alegria e salta com o pincel ainda na mão. É uma notícia realmente estrepitosa, a melhor possível, num dia cinzento como este. Por fim, nem a vizinha resiste à tentação de se levantar — embora sabendo que a tinta, escorrendo pela capa de plástico presa em torno do pescoço, acabará por lhe manchar a saia e talvez até as meias finas. Mas o que importa agora? Myra Hindley morreu! Azar da saia. E azar também das meias!

Lynne já começou a contar todos os detalhes informados pelo jornal.

— Espero que as cinzas dela sejam jogadas no primeiro vaso sanitário disponível — comenta a senhora Haines, quando fica sabendo da cremação. E, mesmo sendo católica fervorosa, acrescenta que gostaria de estapear o sacerdote que ministrou os sacramentos à moribunda.

— O quê? A extrema-unção?! — exclama a cabeleireira, na certeza de que a alguém como Myra Hindley o perdão deveria ser proibido.

Que perdão pode haver para uma mulher que assassinou crianças para se sentir onipotente? Que piedade alguém poderá sentir por uma namorada devotada que conseguiu olhar prazerosamente seu companheiro megalômano estraçalhando a machadadas um rapazinho aprendiz: testemunhando impassível o absurdo de uma morte atroz? E, ainda, que extrema-unção poderá ser concedida a quem escondeu embaixo da cama um gravador, a fim de escutar mil vezes os berros desesperados da pequena Lesley Anne Downey, que estava sendo violentada, torturada e estrangulada?

Aquelas gravações infernais — que durante o processo haviam suscitado calafrios, lágrimas e desmaios — Myra Hindley talvez as escutasse repetidamente diante da lareira, com um sorriso diabólico, para depois entrar no carro, dirigir até os Moors e ser fotografada pelo namorado, em poses místicas e provocantes, sobre as covas de suas vítimas!

Eis por que, hoje, os ingleses estão felizes com que ela tenha deixado para sempre de existir. Eis por que esta noite, em Londres, serão organizadas manifestações com tochas e todos festejarão essa morte se abraçando: até mesmo Lynne e sua vizinha de casa, agora, estão fazendo isso pela primeira vez.

O desaparecimento de Myra Hindley finalmente uniu as duas, num instante mágico que Lynne possibilitou graças ao seu entusiasmo e ao seu desejo de compartilhamento, na certeza de que o maior privilégio, neste mundo gélido e sem esperança, é o de conseguir desencadear uma centelha: uma emoção capaz de fazer o coração bater com força.

5.

No final de seu turno de trabalho, Imi e Jordi vão frequentemente à estação de Waterloo, mas não o fazem para tomar o trem: querem aproveitar as campanhas promocionais diariamente organizadas no pátio da estação e geridas por um exército de patinadoras que giram incansavelmente entre os trilhos distribuindo amostras grátis de salgadinhos, bebidas, detergente para louça, amaciante, pasta dental e outras mercadorias. A distribuição começa às 18h em ponto: uma hora emblemática em Londres, na qual quase todos param de trabalhar e se aprestam a voltar para casa.

Com o tempo, Imi e Jordi se tornaram verdadeiros profissionais da amostra grátis. Circulam com astúcia entre os trilhos e obtêm de cada uma das patinadoras o que está sendo oferecido naquele dia. Aprenderam a chamar a atenção o mínimo possível e escondem a dádiva na mochila assim que a recebem.

Os dois competem entre si para ver quem consegue mais produtos. Depois, a contagem e a proclamação do vencedor acontecem na escadaria de entrada da estação. Jordi vence quase sempre, mas Imi está se tornando fera, e hoje até conseguiu ganhar duas latinhas de refrigerante de laranja-amarga da mesma patinadora, a qual, evidentemente, na confusão, não o reconheceu.

Imi não compreende o motivo pelo qual certas companhias decidem presentear seus produtos nas estações de trem. Então Jordi lhe explica que o marketing é uma ciência complexa e que semelhantes doações em massa oferecem seguramente um retorno às empresas promotoras.

Ainda assim, tanta generosidade misteriosa continua parecendo a Imi um milagre, capaz de transformar seu quarto em um armazém cheio de produtos pelos quais ele não pagou.

Lynne ficou surpreendida pela precisão com que Imi arrumou ao longo das muitas prateleiras disponíveis o butim acumulado. E se espantou com o fato de ele ter um registro acurado para catalogar o valor de tudo aquilo que, a cada dia, consegue obter.

Imi aprendeu a ordem no orfanato de Landor, desde quando era pequeno. Aliás, também acredita, como Ada *neni*, que a desordem é a casa do infortúnio, e que no caos só podem reinar o vício e a maldição.

6.

Agora Lynne está explicando a Imi o grande proveito que a Proper Coffee obterá de seus clientes misteriosos. Segundo ela, o verdadeiro motivo daquela encenação é poder identificar os empregados que ameaçam arruinar o bom nome da companhia e, com isso, se desfazer deles:

— Veja bem, Imi: numa grande empresa, um funcionário desleixado e descortês não prejudica somente a cafeteria para a qual trabalha, mas também compromete inevitavelmente a reputação de todas as outras filiais do grupo.

"Lembra-se de Rebecca Maxwell, a parlamentar inglesa assassinada numa das butiques Q Fashion? Pois bem, todas as butiques Q Fashion se ressentiram daquele homicídio, registrando uma significativa queda nas vendas. Se o crime tivesse acontecido numa loja qualquer (por exemplo, na leiteria aqui perto de casa), somente essa loja sofreria as consequências. Mas, como a parlamentar inglesa foi morta numa butique Q Fashion, esse evento, no imaginário coletivo, foi associado a todos os outros pontos de venda da firma."

Imi começa a compreender. Eis por que Andrew e Victoria têm sempre medo de desagradar aos clientes e entram em pânico se algum deles começa a protestar.

Aconteceu inclusive alguns dias atrás, quando um cliente encontrou uma aranha no sanduíche de rúcula e camarão.

O homem exigiu falar com um dirigente e, de repente, começou a esbravejar segurando entre os dedos a aranha agonizante: reclamando do absurdo de encontrar aranhas vivas nos sanduíches (como se, mortas, fosse mais fácil tolerá-las) e ameaçando denunciar o fato às autoridades sanitárias (ao dizer isso, pegou o celular, momento em que Andrew quase desmaiou de medo).

— Por gentileza, me explique — continuou o homem —, como esta aranha foi parar no meu sanduíche?

Mas Andrew permaneceu em silêncio, com os olhos afundados pela aflição e a memória inteiramente voltada para o *Manual do diretor*, que, porém — apesar de seus incontáveis capítulos —, não contemplava a eventualidade "Aranha no sanduíche".

E as coisas só se resolveram graças a Imi. De fato, ao perceber toda aquela confusão, ele se aproximou de Andrew, como para protegê-lo, e interveio, dizendo que na Hungria, em sua terra, encontrar pequenos animais na salada sempre foi um indício de qualidade. A prova de que a verdura não tinha sido tratada com defensivos agrícolas ou adubos prejudiciais ao organismo.

Disse isso com tanta pureza e honestidade que, no final, o cliente se enterneceu e até riu. Nervosamente, Andrew também sorriu (mas tinha a testa toda suada, e a camisa — embora escondida pelo paletó — já se grudara ao peito).

Num país onde tudo acontece segundo regras e manuais que listam as possibilidades A, B, C e D, um jovem arguto como Imi é preciso porque tem a presença de espírito necessária para resolver também os casos E, F e G: ou seja, todos os que nenhum manual conseguirá jamais contemplar.

(...)

Hoje é o último dia útil para apresentar o pedido de matrícula na escola de canto de Budapeste. Depois, já não será possível realizar o sonho de Árpád.

O diretor do orfanato se dá conta disso. Acabou de acender um cigarro e está muito nervoso. Seu escritório é vasto, em perfeita ordem, com a bandeira húngara e a foto do presidente bem evidentes na parede principal. Há atestados, reconhecimentos e homenagens. Há fotografias em preto e branco de meninos hoje adultos; órfãos que — nesse meio-tempo — já se tornaram pais.

O diretor está atormentado. É verdade, Árpád tem muita paixão pela música e seu ouvido é de fato extraordinário. Mas é um menino desajustado, com dificuldades de aprendizagem, e a escola de canto de Budapeste nunca admite meninos desajustados.

Talvez lhe ofereçam a possibilidade de uma audição: Árpád irá a Budapeste cheio de esperanças e entoará as canções de Barbra Streisand diante do júri. Mas será inútil, porque esse mesmo júri, no final, arruinará tudo com seu veredicto injusto. Um veredicto negativo. Que, como sempre, privilegiará os meninos normais. Os *mais ajustados*.

Será exatamente assim, o diretor bem sabe. Apesar de seu talento, Árpád será descartado: considerado *inidôneo* para o estudo da música. E não importa que sua paixão seja grande, tampouco que sua voz seja de fato afinada. É inevitável: o júri pronunciará seu veredicto negativo. Uma circunstância inutilmente dolorosa para Árpád, uma nova complicação absurda numa vida já marcada por excessiva dor.

— Que diabo! — exclama o diretor.

Odeia ter de decidir pelos outros.

Odeia que seja impossível prever o futuro.

Odeia ser o pai de tantos meninos sem jamais ter tido um filho. Mas sobretudo detesta que a avaliação das qualidades artísticas de Árpád não possa ser livre do preconceito.

Então fecha os olhos. Espera que o escuro o ajude a decidir. Mas o escuro não o ajuda. Então, ele pega o pedido para a escola de canto e o observa. O formulário está vazio: cheio de espaços em branco ainda a preencher. O diretor gostaria de começar a ocupá-los todos. Queria fazer isso agora, mas tem muito medo de que Árpád possa sofrer ainda mais.

E assim, quando o garoto, cheio de esperanças, lhe pedir notícias sobre a escola de canto, ele não terá coragem de dizer a verdade. Vai se refugiar na arte dos poderosos: mudar de assunto.

Dirá: "Ainda não sabemos nada", ou então: "Convém ter paciência". Irá se esconder atrás de frases desse tipo até que, um dia, Árpád se cansará de perguntar por quê. E, pouco a pouco, terá perdido todas as esperanças.

"Não o aceitarão jamais", balbucia para si mesmo. E, com raiva, amassa o formulário numa bola de papel irregular. Seu escritório está vazio, ele está sozinho. No entanto, agora, sente-se observado por mil olhos.

São os olhos de um júri interior, que o está fitando em silêncio e sem escapatória. É um silêncio doloroso: capaz de sufocar todos os outros pensamentos. O diretor se debruça à janela: quer olhar as cores do parque, buscar alívio no amarelo-escuro das folhas. Teme haver feito a opção errada. E essa dúvida o acompanhará por longo tempo. Como um cupim da mente. Que escavará suas marcas com determinada obstinação. A partir desse dia, quando ouvir Árpád entoar as canções de Barbra Streisand, esse homem ficará triste.

Será assim a cada vez, sempre e inexoravelmente.

7.

Anoiteceu. Imi está muito cansado e, daqui a pouco, vai dormir. Antes, porém, escreve uma carta aos garotos do orfanato:

Queridos companheiros,
Londres é a maior cidade de todas. Vocês nem imaginam o quanto ela é bonita e gigantesca. Não acaba nunca e é cheia de tudo o que se pode pensar.
Mas vamos por partes. Já tenho um trabalho importante, sou barman e comecei a escalar uma grande pirâmide no alto da qual está o senhor Carruthers: um homem riquíssimo, que circula de helicóptero e que, entre outras coisas, já esteve com a rainha Elizabeth.
Os clientes do bar são muito gentis, pedem tudo por favor e sempre agradecem quando lhes sirvo o cappuccino. É ótimo ser tratado com respeito.
Meus diretores se chamam Andrew e Victoria. São muito severos e nos fazem trabalhar bastante. Mas em compensação, no final do turno, se houver sanduíches a vencer e minipanetones que não foram vendidos, podemos levá-los para casa. Eles nos dão tantos que alguns a gente dá aos mendigos na ponte de Embankment.
Outra coisa. Andrew deve ser muito esquecido. Na primeira vez em que nos vimos, contei que não tenho pais. E ele me pareceu lamentar

muito, disse um monte de frases tipo: "Oh meu Deus, Imi! Que coisa terrível! Mas que infelicidade!" Algumas semanas mais tarde, porém, me perguntou quando eu voltaria para minha família, na Hungria. Então, repeti que sou órfão, mas ele não se lembrava. Era como se eu nunca tivesse lhe contado. Então, repetiu: "Oh meu Deus, Imi! Que coisa terrível! Mas que infelicidade...!" Em suma, parecia estar vendo o mesmo filme mais uma vez.

Lembram quando lhes contei sobre a Áustria? Pois bem, Londres é ainda mais grandiosa. No centro da cidade há uma roda-gigante de enlouquecer: é toda transparente e parece voar quando a gente está nela. Eu e Jordi (um amigo espanhol) já fomos lá três vezes no horário do almoço (a cafeteria é bem ali em frente, do outro lado do rio). Jordi é um rapaz muito simpático mas estranho: e complica um monte de coisas. Meio como a vizinha de Lynne. Mas vamos por partes, senão eu me confundo. Eu estava falando de Jordi. Ele é alguns anos mais velho do que eu e conhece Londres muito bem. Fomos juntos ao teatro Vaudeville para ver uma comédia com o garoto que fez Esqueceram de mim. *Lembram? Agora ele é adulto, mas ainda parece pequeno e tem uma voz de pato. A certa altura, me encabulei porque estávamos sentados na primeira fila e ele ficou atuando de cueca. Os ingressos eram caríssimos, mas Jordi disse à bilheteira que éramos estudantes e então nos deixaram entrar a preço baixo.*

Nossa Senhora, quanta coisa quero lhes contar. Acho que hoje nem vai dar tempo. Uma, porém, tenho que dizer logo: Jordi mora no bairro de Vauxhall, onde existem dois prédios enormes, totalmente de vidro. Parecem a casa do Batman em Gotham City. O primeiro é a sede dos serviços secretos. Já o outro se chama St. George Wharf, e é um dos edifícios mais exclusivos de toda a Inglaterra. Jordi me contou que, nos andares altos, existem apartamentos com piscina particular e estufas cheias de plantas trepadeiras. Custam uma infinidade de florins e neles moram todas as pessoas mais ricas da cidade.

Jordi também disse que em Londres há um monte de pessoas bilionárias e, como eu não acreditava, me levou a um lugar onde as alcachofras custam trinta libras cada uma e os frangos são vendidos a peso de ouro. Como também queríamos brincar de ricos, pensamos em comprar a coisa menos cara de todas: um morango. O quitandeiro era um velhinho, elegantíssimo: usava um avental bordô com listras brancas e um chapéu da mesma cor: parecia vestido para ir a um baile a fantasia. Perguntou: "O que desejam os senhores?", e Jordi respondeu — sem rir — que queria um morango bem grande e não muito maduro. Então o quitandeiro — com ar profissional — começou a procurar na cesta que ficava à sua frente e, tendo identificado o morango mais adequado, colocou-o num saquinho de papel transparente. Em seguida fechou o saquinho com ráfia e colou uma etiquetinha com o preço. Cinquenta gramas de morango: duas libras! Um verdadeiro roubo!

A loja fica na Sloane Street. Jordi disse que nessa mesma rua prenderam um escritor importante porque andava com homens. Mas isso aconteceu há muito tempo, e não me lembro do nome dele.

A zona onde moro é muito bonita. A senhora Lynne é sempre gentil comigo e a gente se diverte muito, zombando de sua vizinha: uma doida obcecada com os ralos da pia e outras coisas do gênero. Em resumo: tudo vai às mil maravilhas. A única coisa ruim aconteceu numa loja de departamentos. Eu e Jordi fomos lá na esperança de encontrar algum artigo barato. Bom, estávamos ali, e, no provador, Jordi — para pagar menos — trocou a etiqueta com o preço do suéter pesado de lã pela de um moletom. Por sorte, a moça do caixa não percebeu nada. Mas eu estava tremendo de medo! E depois me senti culpado.

Afinal, não vim morar em Londres para ser ladrão!

Bem, agora devo ir dormir, senão amanhã estarei um bagaço quando o despertador tocar. Espero que todos vocês estejam bem e que os hamsters e as tartarugas estejam igualmente bem. Um abraço apertado.

Com afeto,
Imi

SEGUNDA PARTE
Nobel

1.

Os clientes que frequentam habitualmente a cafeteria de Imi aparecem sempre na mesma hora, são apressados e se impacientam com facilidade. Um senhor magro e de óculos grossos pede um *espresso* duplo e um croissant com geleia. Come às pressas, bebe o café em um só gole e enche de migalhas o sobretudo, como uma criança. Imi o apelidou "Pequeno polegar". Uma mulher um tanto robusta e com sobrancelhas desenhadas prefere um copo grande de leite pingado e um minipanetone de cereja. Encharca-o e, quando algum pedacinho lhe escapa da mão, recupera-o com a colherinha antes que ele afunde no leite, desmanchando-se totalmente. Imi apelidou-a de "A gulosona". Um bancário de cabeça raspada e barba pede sempre que seu café americano seja servido bem quente (faz essa recomendação todas as vezes, com certa autoridade). A unha de seu mindinho é mais comprida do que as outras, e o colarinho da camisa está sempre bem engomado. Imi também inventou um apelido para ele.

Talvez por causa da pressa os clientes regulares sejam menos gentis do que os outros e não deixem nenhuma gorjeta. Os turistas, ao contrário, felizes pelas férias e emocionados pela grandiosidade de Londres, com frequência depositam algumas moedas na cestinha que Imi, espertamente, colocou bem à vista, entre o caixa e o balcão do bar. Uma pequena irregularidade, que o manual do café não permitiria, mas que Andrew decidiu deixar para lá.

Entre todos os clientes habituais, somente um se dá ao trabalho de trocar umas palavras com os barmen. É um rapaz do Oriente Médio. Imi gostaria de perguntar de onde ele vem, mas há sempre muita gente, e é preciso se apressar com os cappuccini: do contrário, os pedidos se acumulam e as pessoas começam a reclamar. Especialmente na hora do almoço, quando todos estão correndo e perdem a paciência com o mínimo atraso.

Morgan — esse é o nome do rapaz — trabalha há anos numa livraria próxima ao café. Seus olhos, escuros e profundos, parecem contornados de preto por um lápis fino.

Hoje, aproveitando um inesperado momento de calma, Morgan convidou Imi a aparecer na livraria para a apresentação do novo romance de Nadine Gordimer.

Imi não sabe quem é Nadine Gordimer: e, com sua candura habitual, confessa isso.

Morgan se surpreende:

— Você conhece David Beckham? — pergunta.

Imi responde que sabe muito bem quem é Beckham.

— E Elton John?

— Claro que conheço. É um cantor famosíssimo!

— E quanto a Leonardo di Caprio?

— Ora! Esta é fácil demais: todo mundo sabe quem é Leonardo di Caprio!

— Ou seja, você conhece toda essa gentalha, mas nunca ouviu falar de Nadine Gordimer?

— Não, não conheço. Por quê? Quem é?

— É uma escritora muito importante. Ganhou o prêmio Nobel de literatura!

— E o que é esse Nobel?

— Estamos indo bem... afinal, onde você viveu até agora?

— Na Hungria, num orfanato...

Enquanto isso, Andrew se deu conta de que a conversa entre Imi e Morgan está demorando demais. Uma circunstância desaconselhada pelo manual do café, que prevê ser *gentil* com os clientes, mas não *amigável*.

É isso por que, agora, ele se aproxima dos dois, com um sorriso de circunstância:

— Está tudo bem? — pergunta, aborrecido.

Imi responde que sim e lhe informa que na sexta-feira à noite Nadine Gordimer apresentará seu novo romance na grande livraria da Strand, logo atrás da esquina.

— Nadine Gordimer? — pergunta Andrew, como se a escritora sul-africana fosse uma desconhecida.

Ao ouvir isso, Imi banca um pouco o sabichão e, em tom de crítica, observa:

— Meu Deus, Andrew! Não me diga que não conhece Nadine Gordimer! Prêmio Nobel de literatura!

Humilhado pela própria ignorância — destacada impiedosamente por um simples barman —, Andrew decide se afastar com uma desculpa qualquer. "Este rapazinho está levantando a crista um pouco demais...", murmura para si mesmo, e, apesar da ajuda recebida durante o episódio da aranha no sanduíche, decide tornar-se mais formal com ele.

A partir de amanhã, a cestinha das gorjetas será proibida: chega de favoritismos, chega de exceções. De agora em diante, Imi será tratado como todos os outros funcionários.

(...)

Esta manhã, chegou ao orfanato um novo garoto. A polícia o trouxe bem cedo. Ada *neni* estava preparando o chá no caldeirão, como todos os dias: cinco litros de água, três saquinhos de chá, quatro colheres de açúcar.

O carro da polícia chegou e entregou o menino ao porteiro. Ada *neni* viu tudo da janela. O menino não chorou. Caminhou ao lado do porteiro de cabeça baixa, ao longo da despojada alameda do parque. Ao subir a escada, olhou ao redor, assustado. Mas não fez perguntas. Os policiais disseram que ele não falava e que talvez fosse surdo-mudo. Na noite passada, seu pai foi preso por causa de uma briga no bar da estação de Gyékényes.

Ada *neni* é competente em receber os novos garotos e em confortá-los. Mas sua habilidade, hoje, não servirá de nada.

Jonatan tem uma mirada transbordante de ódio. É magro, e os olhos parecem enormes em seu rostinho oval de menino.

São olhos verdes, muito separados. E dão medo.

São cheios de rancor e raiva.

Ada *neni* se aproxima dele. Quer acariciar-lhe os cabelos para tranquilizá-lo. Mas Jonatan afasta a mão dela. A ideia de ser tocado por alguém o aborrece.

Ada *neni* pergunta se ele quer uma xícara de chá, ou uma torrada quentinha.

Mas ele não responde. Nem olha para ela. Permanece de pé, imóvel: cabeça baixa, olhos brilhantes, cheios de lágrimas retidas com orgulho.

2.

A livraria na qual Morgan trabalha é muito famosa e abriga as noites de lançamento londrinas dos mais importantes escritores. Ele nunca perde nenhuma, e, no decorrer dos anos, conseguiu colecionar uma longa série de livros autografados.

Seus colegas poderiam fazer o mesmo. Em vez disso, preferem gastar de outro modo o dinheiro necessário à aquisição daqueles livros. Como se uma pizza, uma cerveja ou um maço de cigarros pudessem de fato valer mais.

Morgan jamais seria capaz de tanta superficialidade. Ele é um rapaz diferente: estranho aos demasiados costumes que regulam o mundo. Como bom estrategista das pequenas coisas, aprendeu a escolher sempre com cuidado entre as mil possibilidades oferecidas pelo destino.

A maior parte dos seus colegas, porém, acha mais cômodo entregar-se ao acaso. Viver sem esforço, como ramos secos transportados pela corrente.

Morgan, não. Sente a responsabilidade de ser plenamente ele mesmo em qualquer circunstância: "Não existe vento favorável para os barcos à deriva." Uma frase de Sêneca que Morgan, ainda garoto, havia anotado em seu diário, certo de que aquelas poucas palavras — tão enxutas e definitivas — iriam ajudá-lo na busca da felicidade.

(...)

O menino que não fala chegou ao orfanato já faz três dias. Nesses três dias, nunca falou nem comeu. Apenas bebeu uns copos de água com açúcar que Ada *neni*, com paciência, o convenceu a ingerir.

Se continuar nesse passo, será preciso chamar o psicólogo.

O psicólogo raramente vem ao orfanato. Recorrem a ele só nos casos graves, porque custa caro. E dinheiro não há.

Jonatan olha Ada *neni*, olha o copo d'água com açúcar e olha os meninos que estão ao seu redor: odeia tudo e todos.

"Olhos maus", o apelido que lhe deram.

E ele não gosta disso.

Sente falta de seu pai, sente falta de sua casa na aldeia de Gyékényes. Sente falta do trabalho de apicultor. Sente falta do mel de acácia, dulcíssimo e transparente como água. Sente falta de sua mãe. Embora, para falar a verdade, sua mãe lhe falte um pouco menos, porque morreu há muitos anos e ele nem se lembre direito dela.

Queria voltar para casa, agora. No entanto, deveria estar feliz por se encontrar no orfanato: seu pai vive bêbado e o espanca com frequência. Basta uma bobagenzinha para fazê-lo perder as estribeiras.

Uma vez, surrou-o tanto que lhe partiu o lábio superior e o médico teve de dar três pontos de sutura.

Agora Jonatan está roçando com a língua aquela cicatriz recente. Deveria odiar o pai por tê-la causado. No entanto, sente falta dele, porque é a única coisa que tem.

A lembrança desse mínimo amor que somente ele, no fundo, conseguiu lhe oferecer tornou-o indispensável aos seus olhos.

Quando a gente está completamente só, quando não tem nada com que contar, até um pai violento pode ser importante: e a repentina ausência dele — em vez de proporcionar alegria — se torna motivo de dor profunda.

É por isso que Jonatan não fala.

Desde quando era muito pequeno, o silêncio foi seu único modo de sofrer.

Para ele a dor é um fato íntimo, secreto. Impossível de compartilhar com os outros.

3.

Imi e Jordi acabam de subir de novo à roda-gigante em frente ao Tâmisa. Fazem isso com frequência, embora custe caro. Olhar a imensidão de Londres lá de cima os encanta, sobretudo depois de passar um dia inteiro preparando cafés e cappuccini. Hoje, como sempre, Imi está com as mãos cheias de bolhas e queimaduras. Mas essa dor, agora, não o incomoda, porque, no fundo, é pequena diante da grande emoção que a roda-gigante consegue lhe dar. Os band-aids coloridos que Andrew lhe forneceu são realmente alegres e, como sugerido pelo manual do café, transmitem ao espírito serenidade e otimismo.

Vista do alto, Londres já não é um emaranhado de ruas, mas um mapa no qual tudo aparece em detalhe: até a cúpula da catedral de St. Paul.

O giro prossegue, até que a cabine de Imi atinge a altura máxima e ele aproxima o rosto da vidraça futurista que o separa do vazio.

Nesse momento, pela primeira vez, sente uma saudade muito forte de seu vilarejo. Revê tudo diante de si e se dá conta de que Landor é um lugar realmente único e especial.

Em que outro lugar do mundo, diante de cada casa, você encontra expostos biscoitos em forma de coração e frutas como maçãs, morangos, amoras e framboesas? Parece difícil de acreditar, mas trata-se de quitandas autônomas: as pessoas se servem sozinhas e deixam as moedas necessárias ao pagamento no cofrinho que os proprietários colocam bem ao lado da mercadoria exposta.

Ninguém jamais rouba nada.

As lembranças continuam a se suceder na mente como imagens de um álbum interior. Imi comprou uma caixinha de amoras-pretas e agora está degustando uma a uma. Estão muito maduras: seu suco escuro mancha um pouco as pontas dos dedos e goteja pelos cantos dos lábios.

Imi deixa que as lembranças continuem a escoar dentro de si, imperturbadas: ali está a praça principal de Landor, com suas árvores magras de folhas enormes, que parecem vivas, rugosas como são.

Aqui fica o ervanário do unicórnio de prata, cujo dessecador transborda de plantas medicinais. É um lugar incomum, de que Imi gosta muito. Adora o perfume intenso da lavanda, o da menta e o das flores de laranjeira, o aroma insistente do tomilho selvagem e das outras ervas que antigamente — junto com as rezas — eram o único tratamento possível para todas as doenças. Até para as mais graves.

Enquanto isso, a roda terminou seu giro, e é preciso apressar-se a desembarcar.

Já não há tempo para o passado.

O presente, com sua irrupção, cancela da mente qualquer lembrança, devolvendo Imi à sua nova vida londrina: aquela com a qual tão demoradamente ele havia sonhado e que, com tenacidade, conseguiu tornar possível.

4.

Nadine Gordimer fala em voz baixa, quase cochicha. Em sua simplicidade, é uma mulher solene. Morgan a observa e pensa que gostaria de ser assim. Não lhe inveja a fama nem o talento, mas a completa serenidade que transparece dos gestos e das palavras dela.

Imi também está admirando Nadine Gordimer: gostaria de ter coragem para lhe fazer uma pergunta. Gostaria de saber o que ela acha da Proper Coffee. Seguramente, ela saberia dizer a verdade. Um dia, o tempo também fará isso. Só que o tempo é muito mais lento do que uma resposta direta.

Enquanto isso, Nadine Gordimer começa a dar autógrafos.

Os leitores, com rigor britânico, se alinham diante dela numa fila bem-comportada.

Sem sequer tirá-las, Imi conta as moedas que lhe pesam no bolso: aprendeu a reconhecê-las pela forma. A de cinquenta pence é heptagonal, e a de dez, redonda. Já a libra é grande e pesada.

Que sorte! Os trocados são suficientes para comprar um livro e transformá-lo em objeto de coleção, graças à dedicatória pessoal da senhora Gordimer: "Para Imi, com votos de que realize todos os seus sonhos", escreverá pouco depois a autora sul-africana, com uma letra humilde, miúda e contrária à sua grandeza.

5.

Agora Imi e Morgan estão atravessando juntos a ponte de Embankment. Morgan quer saber sobre o orfanato: como se vive num lugar desses e quais regras existem. Imi explica que seu orfanato está instalado numa construção muito antiga na qual, outrora, eram treinados os cadetes.

A disciplina é mantida amorosamente por muitas *neni*, termo que em húngaro significa "tia": Rita *neni*, Andi *neni*, Bianka *neni*, Ada *neni* e por aí vai.

Em uma edificação separada fica a escola.

Os meninos crescem encorajados para o esporte e para o amor à natureza. Quando completam 18 anos, a eles se oferece a possibilidade de se empregarem como aprendizes junto à cooperativa do orfanato. Terminado o longo período de estágio, os órfãos se tornam pedreiros, carpinteiros ou marceneiros, encontram trabalho nas empresas da aldeia e começam a formar uma família.

— Uma cidade de órfãos? — pergunta Morgan.

E Imi responde que de fato é assim, ainda que, depois, os órfãos se tornem pais cheios de afeto e cuidados por seus filhos.

Morgan gostaria de fazer muitas outras perguntas. Mas Imi o interrompe. Está curioso por esse tal de prêmio Nobel: quer saber quem o concede e como se faz para ganhá-lo.

Morgan responde que para ganhar o Nobel é preciso ter muito talento, e que evidentemente não se pode aprender o talento, porque é um dom do destino. Algo de inesperado, como quando a pessoa encontra um diamante numa caverna africana:

— Você viu? Enquanto Nadine Gordimer falava, o público se manteve em silêncio absoluto, hipnotizado pela magia das palavras dela.

— Entendi: quem tem talento cria silêncio na boca dos outros!

— Exato, Imi, justamente como Nadine Gordimer, Ingmar Bergman, José Saramago e Margaret Marshall. Esta, aliás, também ganhou o Nobel de literatura, anos atrás. Coitadinha, tem câncer de pele e seu rosto está desfigurado por dezenas e dezenas de cicatrizes. Mora em Chelsea e é uma cliente habitual da nossa livraria. Levo sempre os livros à sua casa, porque ela hoje em dia quase não sai para nada.

Imi está curioso: gostaria de ler alguma coisa da senhora Marshall e pede a Morgan que lhe indique um livro.

Morgan promete que amanhã levará um para a cafeteria.

— Não! Não, porque, se Andrew nos vir, vai dar bronca! Prefiro procurar você depois do horário de trabalho. Ou melhor, se encontrarmos no caminho uma livraria ainda aberta, compramos logo um. Quem sabe, da próxima vez que você for à casa dela, possa pedir um autógrafo para mim? Assim, também começo minha coleção!

Morgan fica surpreso pela candura de Imi e por seu grande desejo de aprender a vida.

Lembra-se de seus primeiros anos em Londres. Filho de imigrantes iranianos. A casa em Hackney, o medidor de gás e o pouco dinheiro, o medo do frio, a fome, a falsa gentileza de seus empregadores, os olhares desconfiados nos ônibus. Até por isso, de minuto a minuto a amizade entre eles fermentava sem parar. Crescia rapidamente, como a massa para o pão; miraculosamente, no intervalo de uma noite.

(...)

O psicólogo chegou de Szombathely e falou com o menino que não fala.

Falou durante uma hora e meia, e o menino escutou tudo em silêncio.

O profissional disse um monte de coisas verdadeiras e interessantes. Apesar de tudo, porém, o menino continuou sem falar. Por fim, o psicólogo se sentiu inútil.

6.

Na inauguração da retrospectiva sobre Andy Warhol, há pelo menos mil convidados. Morgan chegou com antecedência, sentou-se no terraço que dá para o Tâmisa e começou a esperar. Sua namorada poderia não vir: ela é de lua, imprevisível e muito difícil de entusiasmar. Morgan se volta, observa os convidados se dirigirem à primeira sala. Olha-os um a um e se diverte imaginando a existência deles.

É seu passatempo preferido: uma das muitas paixões que lhe torna indispensável a vida.

Existem pessoas de todas as idades e de todas as cores. Há casais cansados que já não se dão as mãos e jovens namorados com a mente cheia de sonhos e de projetos. Há anciãs de cabelos vermelhos e enormes pulseiras africanas e senhores gordos com os botões das camisas repuxados pela vastidão de suas barrigas. Há também meninos educadíssimos e engravatados, pálidos, com óculos pretos e a mãozinha bem apertada na de seus pais austeros. Há também um jovem alto que usa batom e tem as unhas da mão esquerda pintadas de azul. Morgan o observa e pensa que, em seu injusto país de origem, os homossexuais são perseguidos e às vezes até assassinados.

Bem nesse momento, Susan pousa a mão no ombro dele.

7.

Margaret Marshall está em sua casa de Sloane Street. O salão-biblioteca, forrado de livros, é um lugar sempre quente, mesmo no inverno. Um noturno de Clara Schumann impregna o aposento como um perfume antigo. As luzes acesas são poucas. Ela gosta assim: vive muito perto do escuro. Sobretudo hoje, quando teve de enfrentar uma nova intervenção cirúrgica: um enésimo pequeno corte a lhe desfigurar o rosto, já cheio de cicatrizes.

Daqui a pouco, o entregador da Harvey Nichols trará o que ela encomendou por telefone: pão, açúcar, meio quilo de peras, alguns raminhos de hortelã fresca e um pouco de canela.

É um jovem do Oriente Médio, bonito. Sempre inseguro e submisso com os outros. Imagine-se então com ela.

Antes de entregar a compra ele ajeita o nó da gravata, diante do espelhinho do elevador, e confere se os cabelos estão em harmonia entre si.

Está tenso, sente-se pouco à vontade. Nunca sabe o que dizer. Sobretudo quando a senhora Marshall lhe oferece chá naquela sua biblioteca que parece um museu, e onde ele se descobre ainda mais inadequado e deslocado.

Margaret, ao contrário, gosta da encabulada companhia do rapaz. Ela já não está em contato com o mundo, e os jovens entregadores passaram a ser as únicas pessoas com as quais pode ter uma troca pessoal de emoção. Portanto, não importa que este seja muito tímido e responda por monossílabos.

Sua presença franzina, suas sobrancelhas reduzidas a um fio por mãos experientes, o pequeno piercing verde sobre o lábio e a maneira efeminada com que ele cruza as pernas são para ela motivo de estudo e de aprofundamento: embora pareçam triviais, esses aspectos a deixam curiosa.

De resto, as conversas intelectuais são reservadas ao vendedor da livraria: este, sim, é um jovem brilhante e cheio de inspiração.

Enquanto isso, o elegante mancebo médio-oriental bebe o chá em pequenos goles. Sem leite, sem açúcar, sem limão. E vai respondendo a todas as perguntas que lhe são feitas, sem jamais fazer uma.

Quando, por fim, vai embora, na relativa intimidade oferecida pelo elevador enfia a mão no bolso da jaqueta e verifica o montante da gorjeta, que Margaret sempre lhe entrega com discrição, pouco antes de se despedir dele.

8.

Agora Margaret fica de novo sozinha. Está descascando as peras que o rapaz lhe trouxe há pouco. Corta uma a uma em fatias e as alinha no fundo de uma assadeira levemente untada de manteiga. Cobre-as com açúcar e canela e as põe no forno. Uma guloseima que sua mãe fazia, mantida com persistência entre os hábitos mais queridos, até a velhice. O processo não demora muito. Daqui a menos de meia hora, as peras estarão prontas. Justamente o tempo para dar uma olhada no suplemento dominical do *Financial Times*: a matéria de abertura fala dos japoneses e de suas absurdas manias de superioridade.

Margaret está curiosa: lê que os japoneses se consideram uma nação de eleitos, e continuaria lendo com interesse, mas o telefone toca e interrompe sua concentração.

— Alô...

— Margaret, *querida*, sou eu! Como está hoje? Foi tudo bem na clínica? Espero que não a tenham maltratado também desta vez!

— Não, Helena. Não me maltrataram. A anestesia local funcionou direitinho. Não senti nada, acredite. Obrigada pela gentileza de me telefonar...

— Pois é, sempre lamento essas suas cirurgias no rosto. Uma coisa horrenda. Terrível!... Eu jamais conseguiria enfrentar isso. Quero dizer... deve ser um suplício. Coitadinha. Mas enfim... eu liguei também por outro motivo: hoje chegou à editora uma proposta realmente sensacional. Aguente firme: querem sua presença no New York Glamour Award para entregar a Sophia Loren o prêmio pela carreira. E oferecem 50.000 libras esterlinas. Compreende o que isso significa?

— Helena, você bem sabe que essas manifestações mundanas não me interessam. Além disso, nem sou admiradora da Loren.

— Mas como? Todo mundo viu *Duas mulheres*! Uma obra-prima...

— Pode ser uma obra-prima, mas para mim Sophia Loren continua sendo uma mulher vulgar. Ou melhor, ultimamente é até mais do que antes.

— Margaret, preste atenção, por favor: sabe quantos livros seriam vendidos só por esses três ou quatro minutos de transmissão mundial via satélite?

— Helena, acabei de sofrer a enésima intervenção cirúrgica. Acha que realmente pode me interessar ser vista via satélite premiando alguém como a Loren? Ainda se fosse Audrey Hepburn...

— Mas Sophia Loren é uma grande atriz, uma mulher fatal. Fez filmes com Mastroianni. É inteligentíssima. Transmissão mundial, eu disse... e, enfim, todo mundo sabe: ela é uma pessoa espirituosa, não banca a diva como Greta Garbo ou Marlene Dietrich...

— Bom... até porque não pode se permitir isso... falta-lhe a atitude, digamos assim.

— Que diabo, Margaret! Com ou sem atitude, é uma oportunidade única. Eles vão lhe dar um monte de dinheiro, uma suíte no Four Seasons com banheiro em mármore indonésio, viagem na primeira classe...

— Ora, Helena! Pode me explicar por que eu deveria fazer uma coisa que é contra os meus princípios?

— Porque os tempos mudaram! Para existir, é preciso ir ao encontro do público, entusiasmá-lo. Estamos dizendo isso há anos: hoje, se a pessoa não se mostrar na tevê, não é ninguém, não é importante para nada!

— Mais um motivo para não aparecer na televisão.

— Mas até a rainha Elizabeth aparece! Desde 1953. E logo vão lançar o canal de Buckingham Palace na internet. Já você, ao contrário, quer continuar vivendo numa torre de marfim, isolada, amiga apenas dos garotos que lhe trazem as compras em casa. Em resumo: sua existência é um pesadelo. Você poderia ter uma vida sensacional, e o que faz? Tranca-se nesse sepulcro que é sua biblioteca e assiste aos filmes de Visconti. Ninguém aguenta mais! Os filmes de Visconti são chatos de matar. Fazem mal. É por isso que depois você não escreve...

— Se não escrevo, é só porque não há mais nada a dizer.

— Margaret, imploro, me faça ao menos este favor: vá premiar Sophia Loren em Nova York. Depois, juro que a deixo em paz. É uma promessa. Garanto. Escute, vou junto. Fico com você o tempo todo, inclusive nos bastidores e depois da premiação voltamos logo para o hotel...

— Helena, preciso desligar, estão batendo à porta.

— Não é verdade, Margaret! Ninguém está batendo!

— Tudo bem! Eu menti. Mas não vou mudar de ideia, mesmo que você continue a me telefonar a cada cinco minutos, até a eternidade.

— A verdade é que...

— A verdade é que você quer me obrigar a ir àquela selva de malucos, vestida como uma retardada, só para ganhar um monte de dinheiro. É só isso que lhe interessa: você não está nem aí para mim, para a minha dignidade, e muito menos para minha enésima cirurgia na face!

— Mas, Margaret, você também ganharia muito dinheiro...

— Não preciso de mais dinheiro.

— E na fama, não pensa?

— Ora, faça-me o favor...

— Então, que seja para ir ao encontro dos jovens...

— Fodam-se os jovens. São piores do que os outros: passam o dia inteiro na internet, imaginando a vida, em vez de vivê-la de verdade, e, quando resenham meus livros em seus blogs, dizem que são tristes e chatos.

— Margaret, você é realmente uma das pessoas mais odiosas que já conheci.

— Eu sei. É verdade. Sou insuportável. E com isso, se me permite, voltarei à minha leitura sobre os japoneses. Sabia que eles se consideram um povo superior? Que se acham melhores do que eu e do que você, por exemplo?

— Margaret, isso não é comportamento que se preze. Por causa do seu orgulho e de suas manias neurastênicas, você está jogando fora uma oportunidade de ouro!

— Helena, sua opinião não me interessa. Você já deveria ter percebido isso há tempos.

— Obrigada, Margaret! Obrigada por tudo! Como sempre. Obrigada!

— Obrigada a você...

— Ah! Está certíssima em me agradecer. Publicamos os seus livros quando você não era ninguém. Não se esqueça disso. Em 1953 todo mundo recusava seus originais. "A pastorinha", era como a chamavam. Meu pai foi o único que acreditou no seu talento. Sem meu pai, você não seria ninguém. Só iria ver o Nobel de binóculo! Por que não admite?

— Helena, você sabe muito bem que seu pai me desaconselharia a participar de uma palhaçada desse tipo. Seu pai era um cavalheiro, um sonhador, por isso gostou dos meus livros. Já você, se estivesse no lugar dele, iria recusá-los, justamente como os outros editores fizeram. Por isso, não lhe devo nada, e você sabe. Desde que seu pai morreu, você só publica porcarias para ganhar dinheiro. Livros sem futuro e, para piorar, com um presente muito limitado. Livros que serão varridos pelo primeiro sopro do vento. Livros na moda, passageiros, como todas as tendências. E não marcos da literatura. Bem firmes. Destinados à eternidade.

— Você é uma víbora, Margaret! E, desculpe, mas é também uma bobalhona!

— Minha querida, na próxima vez que eu encontrar seu pai em sonho, vou contar sobre este telefonema! Afinal, alguém deverá informá-lo de que você liquidou o império cultural dele em nome do lucro.

Uma frase forte. Final. Assinalada por um *clic*: a ligação telefônica que se interrompe. O repentino vazio de palavras.

Muitas vezes, a verdade é inescutável.

Prefere-se evitá-la. Desligar.

Sozinha, em sua casa-museu de Sloane Street, Margaret sente-se grata ao destino por seu temperamento esquivo, que sempre a protegeu da vaidade e do exibicionismo.

Os outros escritores não são assim: sua bulimia de fama e protagonismo leva-os a percorrer o mundo e a lançar suas obras por toda parte, como se fossem vendedores ambulantes, representantes comerciais de aspiradores de pó ou talvez propagandistas de feira ocupados em demonstrar às donas de casa a eficácia de espremedores e liquidificadores. Noites e mais noites de autógrafos, cinco, sete e às vezes até dez por semana, em uma ciranda contínua, necessária para difundir o máximo possível a popularidade deles numa espécie de delírio de onipotência.

Margaret não é assim: ela gosta de permanecer na sombra. Os outros escritores aparecem continuamente na imprensa, especialistas em tudo e em nada, comentando com a mesma autoridade a explosão de um carro-bomba no centro, os vencedores do Oscar e um repentino tremor de terra registrado na ilha de Jersey. Margaret, não. Odeia tornar pública a intimidade do seu pensamento. E, quando os editores dos jornais lhe pedem opinião sobre este ou aquele fato, ela, com gentileza, responde que se sente inadequada e se recusa a colaborar.

Também por isso, hoje em dia, aos olhos das pessoas é como se estivesse morta.

(...)

Hoje, o menino que não fala finalmente falou. Mas estava sozinho no dormitório e ninguém o ouviu. Aconteceu há pouco, quando ele brincava com o hamster de Barnabás: o hamster estava paradinho em sua mão. Somente os bigodes se moviam um pouco, naquela espécie de tremular típico dos roedores. Ele levantou a mão bem devagar, por medo de que o hamster se assustasse, aproximou o animalzinho do rosto e, a meia-voz, cochichou: "Gosto de você."

9.

— Lynne! Lynne! Aconteceu uma coisa terrível! — grita Imi, assim que entra em casa.

Como sempre, Lynne satisfaz a impaciência dele e vai ao seu encontro com ternura.

— O que foi, desta vez?

— A diretora do café se enfureceu e não fala mais comigo!

— Ai, meu Deus! Eu lhe disse para não discutir com ela!

— Mas não discuti!

— Então, por que ela se ofendeu? O que você fez?

— Nada! Hoje ela foi trabalhar com um novo corte de cabelos que realmente ficou péssimo. É verdade, Lynne. Inclusive os outros também acharam. Em suma, ela deve ter percebido que todo mundo a olhava espantado, e então a certa altura me pegou de repente e perguntou se eu tinha gostado de seu novo penteado. Respondi que não. Disse que antes ela estava muito melhor, e que daquele jeito estava parecendo Jessica Fletcher. Sabe quem é, aquela personagem de *Assassinato por escrito*?

— Oh, meu Deus! Imi! O que você aprontou? Como pôde fazer uma besteira dessas?

— Lynne, mas por que você também implicou comigo agora? Eu não fiz nada errado. Apenas respondi honestamente...

— Imi, aqui não é a Hungria. A Inglaterra é um país que construiu seu império sobre a habilidade da palavra e do não dito.

— E daí? Na Inglaterra convém mentir, só para estar de acordo com os outros?

— Não! Não é que se deva mentir: é preciso dizer a verdade, claro, mas com delicadeza, levando em conta os sentimentos das outras pessoas.

— E então?

— Então, é preciso aprender a ser diplomático: não se pode afrontar as pessoas desse jeito. Dizer a uma mulher recém-saída do cabeleireiro que ela está parecida com Jessica Fletcher, assim você a destrói! A honestidade pode magoar. É incisiva demais. Convém aprender a dosá-la, a refiná-la.

— Mas como se faz para dosar a verdade? Não é nenhum xarope!

— Imaginemos que eu vá tomar chá na casa da vizinha e que a xícara esteja suja.

— Lynne, você sabe que isso é impossível, aquela doida desinfeta até as colherinhas...

— Tem razão. Então, imagine que vai jantar na casa daquele seu amigo que trabalha na livraria.

— Ah, sim, claro. Morgan.

— Pois é, suponhamos que, antes de se sentar à mesa, você vá ao banheiro para lavar as mãos. O banheiro é um desastre: banheira encardida, vaso sanitário sujo, pia cheia de cabelos. Em suma, uma nojeira. Então me diga: em sua opinião, o que seria certo fazer?

— Bom, eu desço e digo a Morgan que nunca vi um banheiro tão asqueroso!

— Pois é, está vendo? Caiu de novo: essa é a maneira mais fácil de se fazer odiar pelos ingleses...

— Mas e então? O que devo fazer? Não dizer nada?

— Bem, você deve aprender a se expressar com diplomacia.

— E como se faz isso?

— Por exemplo: depois de lavar as mãos, você desce, senta-se à mesa. Durante um tempinho, não comenta nada, fala de outra coisa. Mas a certa altura diz: "Ah! Hoje estou exausto, destruído! Trabalhei o dia inteiro no café e, quando voltei para casa, ainda tive que fazer faxina! Um pesadelo! A máquina de lavar, a roupa a pendurar, sem falar dos pratos sujos... e depois o banheiro! Estava realmente um desastre! Mas tive que limpar do mesmo jeito, não podia deixá-lo naquelas condições..."

— E o que resolvo com essa palhaçada?

— Você diz sem dizer. Seu amigo fica em dúvida. E se pergunta: Imi está falando do banheiro dele ou do meu? E assim, sem ofendê-lo, e sem se expor demais, você o deixa com a pulga atrás da orelha, comunicando-lhe *indiretamente* suas perplexidades quanto à displicência da higiene dele.

— Para mim, isso significa ser falso!

— Claro que não! Significa ser diplomático!

— Ah! Essa diplomacia é um verdadeiro absurdo! Será possível que os ingleses precisem complicar a vida com tantos rodeios, quando bastaria ser sincero?

— Meu querido Imi, toda sociedade tem suas regras. Você quis vir morar em Londres. Certo?

— Sim.

— Pois é. Há séculos, os londrinos têm suas regras. Muitas dessas regras são absurdas, eu percebo. Ainda assim, são regras. E, se você quer jogar o jogo deles, deve forçosamente se adequar. Se conseguir, ótimo; do contrário, é melhor voltar para a Hungria, porque aqui não terá vida fácil.

— Sim, mas afinal o que eu deveria ter respondido a Victoria?

— Por exemplo, podia ter dito que o novo corte a rejuvenescia bastante, mas que você gostava muito do anterior, ou então que o novo penteado a deixava um tanto severa, embora, efetivamente, lhe caísse muito bem. Coisas assim...

— Em suma, morder e assoprar...

— Exato. E em seguida você deveria mudar logo de assunto. Ela compreenderia que você não tinha gostado do novo corte, mas não ficaria ofendida. Simples assim.

Imi está confuso. Esse jeito de se comportar lhe parece inutilmente complicado. No entanto, ele percebe não ter escolha: deverá aprender depressa a arte da diplomacia e se tornar como os ingleses, as únicas pessoas no mundo capazes de dizer a verdade mentindo.

(...)

Hoje o menino que não fala está feliz. Seu pai saiu finalmente da prisão e daqui a pouco virá buscá-lo.

Debruçado à janela do orfanato, com o hamster de Barnabás sobre um ombro, espera-o em silêncio. E de vez em quando sorri.

É um sorriso grande, o dele. Bonito, mas arruinado pela pobreza e enegrecido pelas muitas cáries.

10.

Morgan acaba de sair da estação do metrô de Sloane Square. Aquela praça não tem a ver com ele. Aos seus olhos, o bairro de Chelsea é fora de mão, como toda a parte oeste da cidade. Já ele escolheu viver no profundo leste. No gueto da capital.

O leste e o oeste de Londres são dois mundos opostos. Representam uma opção de vida, uma etiqueta.

O livro de Dagerman,* aquele que Margaret Marshall encomendou há tempos, finalmente chegou. Um livro fora de catálogo, difícil de achar.

Curioso, Morgan leu algumas páginas do exemplar no metrô. Pareceu-lhe um livro atroz, cheio de raiva. Margaret seguramente vai gostar. Ela sempre encomenda livros que desafiam a mente e deixam marcas profundas na memória.

— Tenho uma entrega para a senhora Marshall — diz Morgan ao porteiro, e começa a subir a escada sem sequer esperar a autorização.

---

* Stig Dagerman (1923-1954), escritor e jornalista sueco, que se matou aos 31 anos. (N. T.)

No estreito espaço de sua guarita condominial, em meio a uma infinidade de cartas a separar e outras tantas tarefas a executar, o porteiro se permite um instante de perplexidade. Depois de quinze anos de serviço, tem uma intuição. E pensa: "Que estranho, na casa da senhora Marshall só entram entregadores." Uma circunstância insólita, que mereceria aprofundamento ulterior. Em vez disso, o porteiro recomeça quase de imediato a separar a correspondência. "Sempre e unicamente entregadores...", repete para si mesmo, resignado há tempos à impossibilidade de conhecer os segredos das pessoas para as quais trabalha.

11.

Mesmo odiando a alta-costura e detestando o absurdo rito das passarelas, Margaret sempre admirou Yves Saint Laurent: porque esse homem melancólico, com suas roupas meio ambíguas, conseguiu refinar o mundo tornando a mulher menos mulher e o homem um pouco menos homem. "Não importa o que vocês pensam de mim: só importa o que eu penso de vocês." Margaret havia lido isso num grande anúncio que apregoava as criações do estilista argelino. Uma frase poderosa contra o julgamento dos outros: útil para qualquer um, e até indispensável para um artista.

Nos anos seguintes, nascera entre eles uma amizade feita sobretudo de cartas e telefonemas. Duas almas parecidas: amantes da solidão e da arte. Duas almas privilegiadas, mas condenadas à incompreensão e à incomunicabilidade.

Por ocasião da entrega do Nobel, mais tarde, Yves Saint Laurent havia criado para Margaret uma roupa realmente especial, inspirada nas elegantes geometrias da Art Déco. Um vestido azul-acinzentado, branco e preto. As mesmas cores dos olhos dela.

Ela o usara em Estocolmo durante a cerimônia da premiação e depois nunca mais. Mantinha-o guardado num armário, como uma relíquia. Era uma roupa de elegância chamativa, adequada apenas a grandes ocasiões mundanas, que em sua vida já não se repetiam. Porque ela, de uma hora para outra, havia escolhido a solidão, uma solidão buscada, consciente, sem dor. "A solidão é temida pelos fracos porque desperta os medos e evidencia limites e defeitos da personalidade", escrevera em seu primeiro livro. E mais: "A companhia é distração. A solidão, nunca."

Tanto desprezo pela vida social não a impediu de esperar a chegada do jovem livreiro: Morgan, um rapaz de origem iraniana, bonito, com olhos de adivinho e mãos longas, afuseladas, como as do filho que ela gostaria de ter tido, mas que o destino lhe negara. Margaret guarda dentro de si a secreta impaciência por encontrá-lo, sem jamais admiti-la, por medo de despertar a natureza imperfeita daquela aparente serenidade que a solidão garante aos seus seguidores.

Agora ele está subindo às pressas o último lance da escada: quer contar a Margaret sobre Imi, sobre Nadine Gordimer e sobre sua namorada, Susan. Estranho: hoje a porta da casa já está aberta. Isso jamais acontecera até então.

— Vá entrando — diz Margaret em voz alta, lá do seu salão-biblioteca. Morgan sente de imediato o habitual perfume de lavanda, que provém com delicadeza do apartamento.

— Chegou o livro de Dagerman?

— Aqui está, finalmente — anuncia Morgan um pouco triunfante, enquanto com passos ágeis atravessa o longo corredor ladeado por quadros estranhos que ele, na verdade, não consegue apreciar.

Margaret abre o livro e lê uma frase ao acaso:

— Ah! Como eu gostaria de ter escrito estas palavras! — exclama com uma pontinha de pesar. Em seguida pergunta: — Chá ou café?

— Chá — responde Morgan, sentando-se numa velha poltrona, forrada com um tecido vermelho já desbotado.

— Como vão as coisas na livraria?

— Bem; um dia desses, Nadine Gordimer fez lá uma sessão de autógrafos.

— Ela é suave como um algodão!

— É verdade. Leu algumas páginas, em voz baixa, e respondeu timidamente às perguntas. Sem jamais falar de si sequer uma vez.

— E isso confirma sua grandeza.

— Eu estava com um rapazinho húngaro, um órfão.

— E onde o conheceu?

— Ele trabalha perto da livraria, numa loja da Proper Coffee.

— Oh, meu Deus! Agora eles estão por toda parte: não dá mais para aguentar! Abriram uma filial inclusive aqui atrás, no lugar de uma velha confeitaria que fazia os melhores *shortbreads** de todo o Reino Unido.

Morgan sorri. Ele também não gosta das redes de cafeterias: são impessoais, sem história e sem tradição.

— Sabia que há pouco tempo eles abriram uma filial inclusive na França?

— Em Paris?

— Sim, em Paris. No bulevar Saint-Germain. Inacreditável. Bem ao lado do Café de Flore.

Margaret arregala os olhos:

— Sartre e Simone de Beauvoir devem estar se remexendo no túmulo! Você consegue imaginar os existencialistas reunidos na Proper Coffee para comer minipanetones de cereja, e Juliette Greco pedindo um leite pingado médio para viagem, com muito creme?

Margaret continua imaginando com sarcasmo aquela paradoxal eventualidade:

---

* Espécie de biscoito amanteigado. (N. T.)

"Bom-dia, senhora De Beauvoir! Como posso lhe ser útil esta manhã?" E, quando ela pede um Croque Monsieur, o balconista responde, com um sorriso de manual: "*Je suis désolé, Madame, a Proper Coffee não tem Croque Monsieur!*" E, como alternativa, propõe um sanduíche de rúcula e salmão. Ah! Morgan... onde iremos parar?

— Já o rapazinho órfão, Imi, parece gostar de trabalhar para eles: devem tê-lo submetido a uma lavagem cerebral à força de manuais, de prêmios e de políticas empresariais...

— Coitadinho!

— Imagine, senhora Marshall: ele meteu na cabeça que quer fazer carreira e se tornar um dirigente do café.

— Se é o que ele quer... boa sorte. Quanto de açúcar no café?... Não... você prefere mel, certo?

Morgan sorri: fica feliz que a senhora Marshall se lembre de suas preferências. Agradece com um aceno de cabeça e em seguida continua a contar:

— O garoto húngaro de quem eu lhe falava tem um desejo irrealizável. Sonha viver no St. George Wharf. Sabe a torre que estão construindo ao lado daquela dos serviços secretos, na saída da ponte de Vauxhall? Ele diz que parece a casa do Batman...

— Só isso? Tornar-se dirigente de uma cafeteria em série e morar num prédio de novo-rico?

— Pois é, ele viveu por 18 anos num vilarejo da Hungria, é inevitável que edifícios desse tipo lhe pareçam maravilhosos.

— Então, leve-o a Canary Wharf!*

— Tem razão. Eu não tinha pensado nisso. Ele vai ficar embasbacado no meio de tantos arranha-céus!

---

* Complexo de edifícios comerciais na capital inglesa. (N. T.)

— Uma curiosidade: como vocês dois se tornaram amigos?

— Meio por acaso. E meio porque o destino quis. Em resumo, desde o início eu me senti bem em sua companhia. Somos ambos imigrantes e ele me recorda a dificuldade dos meus primeiros anos em Londres. A impossibilidade de compreender a mentalidade dos ingleses, as complicadas regras não escritas, o excesso de diplomacia. Pronto, talvez tenha sido por isso que me afeiçoei a Imi. E também a espontaneidade dele me comove. É um rapaz puro: ainda incompleto. Imagine, nem sabia quem é Nadine Gordimer.

— Como a maioria dos jovens...

— Sim, mas ele é ingênuo de verdade e tem um jeito engraçado de errar as palavras.

— Por quê? Como ele as erra?

— Não sei. Por exemplo, diz que tem um medo *foragido* dentro de si, ou que *se lavrou* para conseguir que certa coisa acontecesse a tempo.

— Que gracinha...

— É apaixonado por Londres: acha a cidade um paraíso.

— E você não lhe explicou que, ao contrário, ele veio morar num moedor de carne?

— Mas por que eu deveria fazer isso? Por que destruir os sonhos dele?

— Por amor à verdade.

— A verdade! Sem dúvida! Mas a verdade nua e crua não lhe bastará: ele vai querer saber mais. Vai começar com seus mil por quês.

— E você lhe contará que Londres é um deserto emocional por culpa dos bancos.

— Dos bancos?

— Certo, Morgan. É claro, na Inglaterra os bancos concedem empréstimos para todos os lados, sem exigir muitas garantias.

— E o que isso tem a ver com o egoísmo geral?

— Eu imaginava você um pouco mais sagaz, meu jovem: este é um país de gente que se endivida até o pescoço porque não consegue se contentar com o que tem. Parece que, para se sentir viva, a pessoa precisa consumir, gastar e comprar sem parar. Em suma: construir uma felicidade instável, baseada na posse.

"Numa sociedade assim, em primeiro lugar coloca-se o trabalho, trabalha-se como louco: nove, dez e até onze horas por dia. E, quando os dirigentes oferecem hora extra, todos aceitam sempre, seja como for. O trabalho extraordinário se torna oxigênio para quem comprou sem limites e se endividou até a penúria mais completa. Ao ponto de perder de vista a verdadeira razão da existência."

Morgan permanece imóvel na enorme poltrona que o contém. O que a senhora Marshall acaba de dizer dá muito medo. E, sobretudo, dá medo perceber que o homem é escravo dos seus desejos.

Melhor recomeçar a falar de Imi:

— O garoto, o órfão — diz —, comprou um livro da senhora e gostaria muito de ter o privilégio de uma dedicatória pessoal.

— Mas é claro: deixe-o aí ao lado. Vou tentar escrever algo que tenha a ver com ele. E no mais? Como vão as coisas com sua namorada? Na última vez, seu comentário foi que não consegue fazê-la se apaixonar por você. Por quê?

— Não sei. O fato é que Susan está sempre triste, e quando proponho fazermos alguma coisa juntos diz que não tem vontade: que lhe parece uma imposição...

— Em suma, é uma mulher-gato.

— Susan?

— Claro: se você encontra um gato, o melhor modo de assustá-lo é correr ao seu encontro. Ele o vê se aproximar e foge! Não importa que você tenha boas intenções. O gato não entende assim:

é desconfiado de nascença. Mas, se você ficar quieto e delicadamente estender a mão para ele (olhando para outro lado, naturalmente), verá que mais cedo ou mais tarde o gato se aproxima: porque — por natureza — quer estar no controle. Ou, pelo menos, precisa acreditar que é assim.

— Isso está claro. Mas e com Susan, então? O que devo fazer para envolvê-la?

Margaret sorri:

— Meu caro Morgan, a sedução é uma arte. Não por acaso, a palavra seduzir deriva do latim SE-DUCERE, literalmente "conduzir a si". Para seduzir Susan, bastará deixá-la curiosa. E, se você souber fazer isso bem, verá que ela o seguirá por toda parte.

— Por exemplo, eu a convido frequentemente para irmos a Lyme Regis. E ela recusa...

— Então seduza-a, diga que tem saudade de um belo passeio sobre os seixos à beira-mar, ou que está morrendo de vontade de comer um *apple crumble** preparado em certo café perto da praia. Em seguida comunique que comprou uma passagem de trem a mais, caso ela queira ir junto. Diga isso displicentemente, como se fosse uma questão secundária. E mude rapidamente de assunto. Fale de outra coisa. Você verá que ela retomará o tema para lhe dizer que deseja ir a Lyme Regis.

A senhora Marshall tem razão. Susan é realmente uma mulher-gato, e Morgan deverá aprender a aceitar as regras dela para conseguir amá-la de maneira completa e respeitosa.

---

* Crocante de maçã. (N. T.)

(...)

Agora o menino que não fala está com o pai. O trem deixou há bastante tempo a estação de Szombathely e daqui a menos de uma hora chegará a Gyékényes. O vagão deles, cinzento, atravessa um campo nu, pantanoso, plano, rico apenas de corvos negros. É uma paisagem deserta, não há casas nem estradas. Em Murakeresztur o trem se detém por apenas um minuto, para o embarque de uma moça com dois vistosos brincos cor de laranja. A estação, soviética em tudo e por tudo, mostra com orgulho — e bem à vista — seu nome escrito em azul sobre grandes cubos de plástico branco iluminados por lâmpadas de neon. Pelas janelas abertas entra o cheiro de terra recém-arada.

A aproximação da cidadezinha de Gyékényes é testemunhada por uma placa enferrujada. A estação é enorme, deserta, adormecida. Há uns doze trilhos (quase todos em desuso) e uma marquise desconjuntada, povoada por ninhos de andorinhas.

A sala de espera e a bilheteria são uma coisa só; ilumina-as uma única e insuficiente lampadazinha. O limitado painel de partidas e chegadas é uma desordenada colagem de papéis. Entre os muitos nomes de aldeias húngaras, os de Zagabria, Budapeste, Viena e Veneza se destacam com certo clamor. Assim como na estação de Landor, também aqui um relógio negro, de plástico, marca a hora circundado por espessas teias, povoadas por aranhas assustadoras. De minuto em minuto, o estalido seco do ponteiro mais comprido ressoa no absoluto silêncio da sala vazia. As paredes são cobertas de rabiscos, e as portas dos banheiros listam os telefones das prostitutas, junto com as tarifas de seus serviços. Ao lado do sanitário, uma velha escova foi colocada no fundo de uma garrafa de Coca-Cola cortada ao meio.

Fora da estação, as árvores hospedam muitos anúncios, em sua maioria manuscritos sobre folhas soltas, pregadas desajeitadamente ao tronco com tachinhas. Vende-se de tudo: de estufas a fogões a gás, de ovos de galinha a lenha para queimar.

As ruas secundárias não são asfaltadas, e basta um breve temporal para transformá-las em pântanos. As muitas casas decadentes, protegidas por cães magros e agressivos, escondem histórias de dor e de privação. Algumas foram abandonadas, e a hera acabou se metendo pelos vidros quebrados e colonizando o interior. Ao olhar essas moradas espectrais, com séculos de velhice, os telhados tortos, as cumeeiras periclitantes e as paredes cheias de rachaduras, a gente se pergunta como ainda não desabaram.

Numa dessas casas frágeis, a cabeleireira recebe suas clientes. Horários e preços estão afixados num cartaz pregado com fita adesiva à janela de um quarto, embaixo da qual ciscam galinhas já velhas.

Também o cemitério, em Gyékényes, é perturbador. A começar pelas flores artificiais que ornam os túmulos, mas sobretudo pelo tremendo aviso em latim que impera na entrada. MEMENTO MORI, para o caso de os visitantes esquecerem o irremediável encontro com a morte.

A impressão é a de se estar num lugar que parou de existir há um século. Um lugar impossível, fora de qualquer realidade. Mas

Gyékényes existe de verdade. E pensar que antigamente passava por aqui o Expresso do Oriente. O trem dos bilionários. Hoje, porém, a estação está quase completamente em desuso, e seus enormes trilhos estão cobertos apenas por ferrugem e decadência.

Um carrilhão absurdo anuncia a chegada do trem.

O menino que não fala e seu pai desembarcam.

O menino está feliz. O pai, não.

Ao longo do caminho para casa, há lama por toda parte, porque na noite passada choveu.

Uma prostituta está sentada num automóvel branco e fumando um cigarro que tem o filtro manchado pelo seu batom.

Nos quintais das casas, as galinhas correm para lá e para cá, agitando-se sem razão.

— Papai, veja! — exclama Jonatan, apontando uma lagartixa.

Mas o pai de Jonatan não lhe dá ouvidos.

Então Jonatan segura a mão dele. Está realmente feliz por tê-lo novamente ao seu lado.

— Eu gosto de você — diz.

Mas não adianta. Porque seu pai é incapaz de se emocionar diante da pureza dessas palavras.

TERCEIRA PARTE
Tortas, sanduíches e outras gostosuras do café

1.

Jordi vai servir agora uma fatia de crostata de morango ao cliente que está à sua frente. Cortá-la direitinho não é fácil. Jordi e Imi sempre fazem isso com certa apreensão: é preciso ter mão firme, e convém dar um golpe seco, sem muitas hesitações. A massa podre é muito frágil: basta um nada para que a fina camada que compõe a base se despedace. Justamente como agora. Enquanto Jordi tenta colocá-la no pratinho, a fatia desliza sobre o balcão e se esfarela.

— Que diabo! — balbucia Jordi. E se apressa a cortar outra, desta vez inteira e adequada a ser oferecida ao cliente.

Imi, enquanto isso, está escolhendo seu almoço entre as muitas delícias disponíveis na cafeteria. Gostaria de pegar um pouco de tudo, mas deve tomar cuidado para não ultrapassar o limite de sete libras permitido para a refeição gratuita. Do contrário, deverá pagar a diferença do próprio bolso.

— Imi — diz Jordi —, pegue também esta fatia de torta. Ela se quebrou quando cortei, e no manual está escrito que desse jeito não pode ser vendida.

Imi fica feliz. Sorri ao destino e se dirige à saleta de almoço dos funcionários com água na boca. Neste momento, Victoria passa ao seu lado. Imi poderia se manter em silêncio, mas fala. Quer consertar sua indelicadeza de alguns dias atrás.

— Hoje você está muito elegante — diz, para incensá-la.

Victoria se detém:

— Estou vendo que este seu almoço vai ser uma festa...

— Ah, sim... a torta. Bom, na verdade foi apenas uma sorte. Jordi esfarelou uma fatia, sem querer, justamente quando eu estava tirando o intervalo da refeição. Como não se podia vendê-la desse jeito, ele me ofereceu.

Victoria arregala os olhos:

— Desde quando Jordi está autorizado a dispor dos bens do café?

— Não, não, ele nunca faz isso. Só aconteceu hoje, por acaso. A torta já estava despedaçada, e não era o caso de se jogar fora...

Victoria se detém para pensar. Apesar dos limites de sua inteligência, percebe que essa nova prática da torta esfarelada poderia se revelar danosa para a empresa. Se a coisa passasse em branco, os outros barmen também começariam a despedaçar de propósito as fatias, para tê-las disponíveis durante o intervalo do almoço.

— Assim que você acabar de comer, Imi — diz Victoria —, vá com Jordi à minha sala. Esse episódio da torta tem que ser esclarecido direitinho.

Imi fica preocupadíssimo. Percebe que não deveria ter contado a Victoria sobre a torta esfarelada. Seguramente, ela ainda está com muita raiva por causa daquela história do corte de cabelo: não deve ter engolido de jeito nenhum a comparação com Jessica Fletcher.

2.

Imi e Jordi estão sentados diante da escrivaninha de Victoria. Imi tomou o cuidado de não comer a torta e de levá-la para a reunião, a fim de demonstrar sua boa-fé. Agora a torta está ali, fracionada, imóvel, marcando o perigoso limite entre dirigente e empregado. Neste momento, ambos sentem medo do que poderia acontecer, embora — para falar a verdade — Jordi sinta um pouco menos.

Victoria não demora a desfechar o primeiro golpe:

— Desde quando, Jordi, você dispõe arbitrariamente da nossa mercadoria?

— Ora, Victoria, vamos! Não acredito que esteja acontecendo este pandemônio por uma fatia de torta...

— Jordi, responda à pergunta.

— Bom, foi tudo por acaso: eu estava servindo a crostata de morango a um cliente, e você sabe que ela se esfarela com facilidade! A fatia escorregou, caiu em cima do balcão e se partiu. Imi estava indo almoçar e achei que seria justo dá-la a ele. O que eu deveria ter feito? Jogá-la fora?

— O problema não é esse. Antes de tomar uma decisão desse tipo, você deveria pedir permissão a um de nós.

— Permissão para quê? Para não jogar no lixo uma fatia de torta esfarelada?

— Jordi, lembre-se de que a torta é um bem do café. E também, tenha paciência, não estamos discutindo aqui o incidente específico: é uma questão de princípio, que deve ser considerada em geral. Imagine se isso se tornasse a norma: as tortas seriam esfareladas de propósito pelos barmen para poder comê-las de graça durante o intervalo do almoço!

— Mas, Victoria, sou uma pessoa honesta... e, além disso, você sabe: fazia semanas que eu não despedaçava uma fatia de crostata!

— Jordi, você até pode ser competente em partir a crostata e sem dúvida é uma pessoa honesta, mas nem todos os nossos funcionários são assim. Imagine só: duas ou três fatias de torta quebradas de propósito em cada uma de nossas mais de trezentas cafeterias significam ao menos mil fatias de torta por dia. Ou seja, 90.000 libras esterlinas por mês! Consegue perceber que semelhante prática poderia se tornar ruinosa para a Proper Coffee?

Victoria está preocupada. Este último cálculo deixou-a alarmada: 90.000 libras por mês dão ao menos um milhão por ano!

Nesse momento, Imi se mete na discussão. Quer se desculpar e consertar o acontecido:

— Victoria, acredite, lamento muitíssimo; me disponho a pagar a torta.

— Imi, você sabe muito bem que não podemos cobrá-la de você porque está esfarelada e nossos padrões não permitem vendê-la nesse estado. Acho é que vou fazer a vocês dois uma bela advertência por escrito.

Ela diz isso com certo sadismo e com os lábios apertados num esgar de poder. Adora esses raros momentos em sua carreira: instantes solenes que a fazem se sentir poderosa, napoleônica em sua monumental cadeira de executiva.

Imi e Jordi, enquanto isso, se entreolham, lívidos. Gostariam de achar uma escapatória, mas não sabem como fazer. É uma situação absurda, essa em que caíram. E é ridículo receber uma advertência escrita por causa de uma fatia de torta.

Victoria continua em silêncio e curtindo seu pequeno poder: tira os óculos e pousa-os sobre a mesa, ao lado do *Manual do diretor*. E é justamente nesse momento que Imi — ajudado pelo destino — tem uma intuição verdadeiramente genial.

Pergunta a Victoria:

— Sabe por que esse episódio da torta despedaçada pôde acontecer?

— Imi... acabamos de falar disso, ou estou enganada?

— Não. Quero dizer... o *verdadeiro* motivo pelo qual um fato tão grave pôde acontecer?

— Fale... mas fale rápido: o intervalo para o almoço de vocês está acabando e os dois devem voltar ao trabalho.

— É o seguinte: acho que esse incidente só foi possível porque o manual do café não é suficientemente claro.

— Como assim?

— O manual explica muito bem como devemos nos comportar em cada circunstância, mas o caso da torta esfarelada não foi previsto.

— Isto mesmo! — exclama Jordi, pegando a bola no ar. — O manual não diz nada sobre tortas esfareladas ou coisas do gênero. Como poderíamos saber que era proibido comê-la? Meu bom senso de barman me sugeriu que era melhor não a jogar fora. Ao passo que o seu bom senso de dirigente afirma que jogá-la fora seria mais correto...

Victoria fica sem palavras. Pega o manual do café, folheia-o com raiva e, quando encontra o que procura, lê em voz alta:

Como devo me comportar em todos os casos que o manual não conseguiu contemplar?

O dia de trabalho se compõe de uma imprevisível variedade de eventos. Sempre que se verificarem alguns não previstos pelo manual, sugerimos que você confie no seu bom senso.

— Viu, Victoria? Está escrito, você acabou de ler: "bom senso".
Imi tem razão. Existe uma lacuna no manual, e essa lacuna conseguiu evitar, na última hora, que tanto ele quanto Jordi sofressem a vergonha de um procedimento disciplinar.

Jordi comemora:
— Você está ficando esperto, garoto! — diz a Imi, enquanto, juntos, retornam ao balcão para cortar novas fatias de torta e preparar cappuccini espumantes.

3.

Como todas as manhãs de segunda-feira, também hoje o senhor Carruthers preside à reunião do conselho administrativo da Proper Coffee. Em torno da grande mesa oval sentam-se os vários diretores de área, o responsável pelo pessoal, o editor dos manuais, o diretor de estatísticas, o diretor de marketing, o chefe da assessoria de imprensa e uma secretária cuja tarefa é registrar em ata as reuniões.

Apesar de seus incontáveis compromissos (aterrissou agora há pouco no London City Airport e daqui a menos de três horas voará para Edimburgo a fim de inaugurar uma nova filial), o senhor Carruthers está sereno.

Como de hábito, também hoje o primeiro item na ordem do dia são as estatísticas.

O império do senhor Carruthers se baseia em grande parte na interpretação delas: ao longo dos anos, seu time de especialistas conseguiu decifrar com argúcia os mistérios dessa ciência incerta e os transformou em milhões e milhões de libras esterlinas.

O diretor de estatísticas é um homem corpulento: tem a testa quase sempre perolada de suor e gosta de usar caríssimos e pesados relógios. Agita-se demais quando fala e, para disfarçar seu mau hálito, sempre esguicha abundantemente um desodorante bucal antes do início das reuniões.

— Prezado diretor-geral, prezados colegas, conforme o resumido na tabela número um, nosso recente estudo evidencia o que se segue: os clientes que pedem chocolate sem creme adquirem mais facilmente um produto de confeitaria. Ao contrário, os que escolhem chocolate com creme quase sempre se abstêm do consumo de doces.

"Graças ao profissionalismo dos nossos consultores especializados em psicologia comportamental, chegamos à conclusão de que o chocolate com creme é visto pelos clientes como um pecado de gula muito grave, embora, na verdade, a diferença de calorias entre o chocolate com creme e o sem creme seja irrisória. E é justamente desse sentimento de culpa que derivaria a menor propensão deles a adquirir um nosso produto de confeitaria.

"Com base no que foi referido no anexo número três, chegamos à paradoxal conclusão de que aumentar o preço do creme batido desestimularia sua aquisição, favorecendo assim a venda do chocolate sem creme e — consequentemente — um maior consumo de tortas, croissants e minipanetones."

John Meyers, o diretor de marketing, solicita permissão para falar e recebe quase de imediato a palavra:

— Caríssimo diretor-geral, gentis colegas: insisto em lembrar que nossa política empresarial é contrária aos encarecimentos injustificados.

"Em anterior reunião do conselho administrativo, o próprio diretor de estatísticas demonstrou a todos nós que repentinos aumentos de preço tendem a prejudicar a relação de confiança entre a Proper Coffee e seus clientes."

O diretor de estatísticas não se deixa intimidar:

— Agradeço ao colega Meyers pela excelente observação. A propósito, convido os senhores a examinar o anexo número quatro, no qual se demonstra que a maioria dos entrevistados efetivamente é capaz de recordar o preço do cappuccino, do chá e do café com leite, ao passo que somente três por cento sabem indicar com exatidão o preço do creme batido. Isso significa que o eventual encarecimento desse produto passaria quase despercebido, mas ainda assim serviria, de maneira subliminar, para desestimular sua aquisição.

O senhor Carruthers consulta apressadamente o relógio e abre a votação. A proposta é aceita por unanimidade.

A reunião do conselho prossegue.

O responsável pelas locações identificou seis novos possíveis pontos de venda: trata-se — na maior parte dos casos — de tradicionais revendas de *fish and chips** geridas por casais idosos próximos da aposentadoria e dispostos a ceder seus endereços comerciais à Proper Coffee a preços vantajosos.

Os membros do conselho fazem avaliações e depois votam. Tudo acontece rapidamente e com muita eficiência.

O terceiro item na ordem do dia refere-se às novas políticas empresariais. Dá-se a palavra ao diretor de área para a Inglaterra.

— Prezado diretor-geral, prezados colegas: a senhorita Victoria Blum, diretora da filial de Londres-Embankment, observou recentemente que, em sua cafeteria, os funcionários começaram a despedaçar de propósito as fatias de torta para torná-las invendáveis e poderem assim desfrutar delas durante o almoço. A senhorita Blum calculou que, se esse comportamento se alastrar entre os empregados, a empresa poderá ter um prejuízo de até um milhão de libras por ano. Tais dados foram conferidos e se revelaram verossímeis.

"Por conseguinte, a senhorita Blum sugere um adendo ao manual do café, no qual se estabeleça que as fatias de torta esfareladas

---

* Peixe empanado com batatas fritas, prato popular do Reino Unido. (N. T.)

acidentalmente deverão ser imediatamente descartadas e não poderão ser consumidas pelos funcionários."

A iniciativa de Victoria obtém certo consenso e é aprovada, ainda que não por unanimidade.

Após a votação, o diretor de área retoma a palavra:

— Recebemos também uma proposta análoga por parte do senhor Mark Dhillo, diretor da filial de Dover Station.

"Alguns de seus funcionários teriam criado o hábito de guardar no fundo do refrigerador (e não na frente, como expressamente indicado no manual do café) os sanduíches prestes a vencer. Tudo para aumentar a probabilidade de ganhá-los no final do dia. Lembro: nossa política empresarial permite que, a cada noite, os sanduíches a vencer sejam postos gratuitamente à disposição dos empregados após o horário de fechamento.

"Também neste caso, se semelhante *modus operandi* se difundisse, as perdas poderiam ser severas.

"Propõe-se, assim, que os sanduíches a vencer já não sejam disponibilizados para o staff, mas sim eliminados junto com as outras sobras."

O senhor Carruthers franze a testa: na verdade, não está muito convencido de que essa seja uma boa ideia. Mas está com pressa, e então dá início à votação. Cinco a favor, três contra, duas abstenções.

Imediatamente é registrado em ata que a nova iniciativa foi aprovada.

O senhor Carruthers — ainda em dúvida quanto à real utilidade de tal procedimento — encomenda ao diretor de estatísticas uma sondagem sobre as reações do staff a essa nova política empresarial.

* * *

O último item da ordem do dia se refere à considerável queda de popularidade da empresa desde que a pop star Indie Robertson declarou *odiar* a Proper Coffee e preferir "aqueles poucos cafés tradicionais que restaram em Londres". A notícia foi imediatamente explorada pelos jornais de esquerda.

Para agravar as coisas, meteram-se no assunto os opositores da globalização, que, em Manchester, destruíram furiosamente as vitrines da filial de Atterbury Street.

Carruthers está apavorado com a ideia de que outros astros populares possam declarar guerra às suas cafeterias. Por conseguinte, disponibiliza um orçamento extraordinário de um milhão de libras esterlinas para novas campanhas publicitárias e encomenda ao diretor de marketing um estudo sobre possíveis estratégias de relançamento da marca Proper Coffee na imprensa nacional.

4.

Em Lyme Regis, Morgan e Susan amam sobretudo a cinzenta vastidão de areia lisa e mole, deixada com regularidade pelas marés.

Nesta estação, a praia está vazia e nunca se encontra ninguém.

Agora eles estão caminhando contra o vento, em silêncio, para escutar o ruído do mar e os gritos das gaivotas. Um a um, seus passos afundam na areia úmida da linha de arrebentação e deixam sua marca: uma dupla trilha de pegadas destinada a desaparecer logo, plasmada pela recente presença da água.

Em Lyme Regis, Morgan e Susan também amam o pequeno molhe, o mesmo ao longo do qual Meryl Streep desaparece no final de um célebre filme dos anos 1980.* Sempre que se desencadeia uma tempestade, Susan gosta de se sentar diante da janela do hotel onde se hospedam (aquele que escolheram desde a primeira vez) para admirar a fúria das ondas: as vidraças já se tornaram uma colagem de crostas criadas pela salsugem. No peitoril, imóveis, as conchas e os fósseis recolhidos ontem à noite ao longo da praia já fazem parte do passado.

---

* *A mulher do tenente francês* (1981, dir. Karel Reisz), com Meryl Streep e Jeremy Irons. (N. T.)

Lyme Regis está se tornando a capital do amor frágil entre eles.

Susan puxa do bolso o folheto com os horários das marés: teme ficar acuada como aquele grupo de turistas orientais, todos mortos, sufocados pelo mar.

Os corpos deles — inflados de água — foram encontrados na linha de arrebentação. Com os olhos arregalados e a boca ainda aberta num grito mudo.

Dá medo a Morgan e Susan que tantas pessoas tenham morrido logo ali, naquele trecho de praia tão importante para seu amor.

O fato de que se possa morrer assim, por um descuido, por não ter consultado o horário das marés, faz com que se sintam repentinamente indefesos e ressalta a precária natureza da vida.

Já escureceu. Morgan e Susan acabam de se refugiar no Café das Ondas: querem aquecer seus corpos enregelados com uma tigela de *apple crumble* fumegante.

Poderiam falar, trocar emoções. Mas permanecem num silêncio prolongado. Até que Susan — ainda abalada pelo suicídio do irmão, ocorrido no ano anterior, de modo um tanto corriqueiro, na estação de metrô de Kilburn — repentinamente confessa:

— Eu também decidirei quando morrer. — E, um instante depois, acrescenta: — Quero tirar do destino sua pior arma: quero que minha morte seja um fato programado, escolhido, desejado. E não fruto de um acidente, ou de uma doença.

Uma frase pesada, apenas sussurrada, e apesar disso poderosa como um grito. Morgan gostaria de responder, mas não consegue.

Só lhe vêm à mente palavras erradas.

Ele tem muito medo de que Susan possa realmente se matar e de que o deixe sozinho. Sem amor.

5.

Margaret Marshall tem nas mãos o livro de sua autoria que Imi comprou. É o livro de um órfão que ela sequer conhece. Margaret o imagina atrás do balcão da cafeteria — com o uniforme bem engomado —, ocupado em preparar cafés e cappuccini, tomando o cuidado de limpar direitinho o bocal do vaporizador sempre que bate a espuma do leite. Gostaria de conhecê-lo.

    Se fosse outro tipo de mulher, pegaria um táxi até a cafeteria de Embankment e entregaria pessoalmente o volume que ela acabou de autografar. Como na cena de um filme em preto e branco: que seria bonito fazer acontecer de fato. Margaret, porém, fica sempre em casa. Não sai nunca. Sente-se bem na sua toca confortável e segura. O telefone toca: entra a secretária eletrônica. Mensagens que se acumulam. Mensagens inúteis. Todas dirigidas à Margaret Marshall escritora, e não a ela. Porque, com sua intimidade e seus sofrimentos, os outros jamais se importaram.

Nascera na Escócia, nas ilhas Hébridas. Crescera, analfabeta, numa fazenda. Havia ordenhado cabras e depenado faisões. Envergonhara-se das sardas e tinha sido levada ao exorcista quando teve febre alta. Um dia seu pai morreu de repente, sem deixar marcas.

Aos 16 anos, ainda cheia de sonhos, foi enviada para a casa de uma tia em Glasgow. Queria estudar. Queria conhecer. Aprender. Quando falava, todos permaneciam em silêncio. Ninguém sequer respirava. Ela nascera para narrar.

Ganhara o Nobel inesperadamente: a notícia de sua vitória havia sido comunicada quando ela empanava umas lulas. Recorda-se bem disto: tinha as mãos cheias de semolina quando o telefone tocou. A insignificância da situação destoou da imponência da notícia.

Manteve-se imóvel assim que a ouviu. Sequer limpou as mãos no avental. Imediatamente pensou em sua mãe, no mar tempestuoso e nos olhos mortos dos cabritos degolados, pendurados por seu pai de cabeça para baixo. Recordou tudo isso em um instante. E depois pensou: "A partir de hoje, não vou conseguir escrever mais nada."

(...)

É sábado, e o sol acabou de nascer. Faz frio, há neblina e Jonatan está ajudando o pai a tirar mel das colmeias, um trabalho complexo e arriscado que os dois já aprenderam a fazer juntos muito bem. Dinheiro para o macacão protetor não há; portanto, para se defender das abelhas, eles devem se contentar com usar roupas brancas, luvas e um mosquiteiro enrolado desajeitadamente em torno do rosto.

Jonatan já se tornou um bom apicultor. É ele quem controla regularmente as placas antiácaro para ter certeza de que a colmeia está em boa saúde e não produz muitos detritos. É ele quem espreme os favos e filtra o mel por duas vezes, antes de colocá-lo no maturador, a fim de que qualquer mínima imperfeição venha à tona e possa ser eliminada.

Se o mel de acácia que eles produzem é tão límpido e transparente, é sobretudo mérito seu. Mas a coleta do mel é um trabalho realmente perigoso. E corre-se risco de morte: uma tragédia possível, a ser prevenida de todos os modos. Por isso Jonatan deve ter sempre no bolso a cortisona, para o caso de as abelhas resolverem se rebelar e atacar: duas pastilhas a serem rapidamente dissolvidas sob a língua a fim de evitar choque anafilático.

Eis por quê, enquanto seu pai esvazia as colmeias, ele segura dois pequenos feixes de ramos em chamas e espalha com perícia a fumaça produzida para atordoar as abelhas e deixá-las inofensivas. Mas convém prestar muita atenção. Deve-se manter constante o fluxo da fumaça, acompanhar os humores do vento e assegurar-se de que o fogo não se apague nunca.

Jonatan vê seu pai rodeado por um enxame de abelhas confusas. Ama-o e o odeia ao mesmo tempo: ama-o porque é a única pessoa que ele tem. Odeia-o porque basta uma ninharia para fazê-lo perder a cabeça: um garfo que cai, uma janela que bate... e não importa que tenha sido o vento: é sempre culpa do menino. Uma culpa que é cobrada com pontapés, bofetões e, às vezes, até com o isolamento no porão. Sem almoço, sem luz e sem jantar.

Hoje, porém, Jonatan está feliz por ser útil ao pai. Está orgulhoso porque este o considera suficientemente maduro para lhe confiar um trabalho tão importante. Finalmente, sente-se tratado como adulto e com respeito. Embora, no fundo, bem saiba que essa harmonia não durará muito. O pai só é gentil com ele quando precisa. Assim que acabarem de coletar o mel, tudo voltará a ser como antes. Como ontem à noite, no jantar. Quando Jonatan, por distração, derramou o copo d'água sobre a mesa e o pai lhe bateu no rosto com uma brutalidade absurda. Duas, três, talvez quatro vezes. Mas por quê? Por que machucá-lo tanto por um erro tão pequeno?

Jonatan fecha os olhos, a fumaça o faz lacrimejar.

Hoje as lágrimas são dolorosas contra os ferimentos recentes. O sal delas arde, e, enquanto arde, desperta nele a mágoa e a raiva.

Acontece tudo em um instante. Jonatan abre os olhos e de repente se sente forte e poderoso. De um momento para outro se dá conta de que a vida daquele homem depende exclusivamente dele. E é justamente então que um pensamento novo surge em sua mente. É um pensamento horrível: e dá medo. Ele gostaria de expulsá-lo, de continuar se concentrando na delicada tarefa que está executando. Mas não consegue, porque aquele pensamento revolucionário, agora, está ali na sua cabeça e não quer sair.

Nesse pensamento — que é um sonho de olhos abertos — Jonatan grita para atiçar as abelhas contra seu pai e foge, privando-o da fumaça protetora e das pastilhas de cortisona que leva no bolso. Logo depois, seu pai é atacado pelas abelhas, que o picam com ferocidade até matá-lo.

Isolado pelo vidro de uma janela fechada, com o rosto alterado numa careta de alegria e de dor, Jonatan o vê morrer.

Agora está aterrorizado por aquilo que, em segredo, acaba de acontecer dentro de si. Envergonha-se por ter desejado a morte do pai, acha isso um fato indigno, absurdo e imperdoável. Talvez por isso, chora. Mas sem fazer ruído: não quer assustar as abelhas.

A coleta do mel terminará daqui a pouco: seu pai lhe pedirá que o ajude a transportar os favos até a mesa da cozinha e, quando o fitar nos olhos, não perceberá nada. Não suspeitará, nem por um instante, que a rebelião mal começou: entrou em seu filho como uma bactéria. Agora está ali, suspensa entre o coração e o cérebro, como uma doença recém-incubada. Ainda sem sintomas, mas pronta para eclodir a qualquer momento.

De hoje em diante, cada nova violência sua, cada tabefe, cada pontapé, cada lábio partido, cada prisão imposta no escuro do porão alimentará essa rebelião, motivando-a até fazê-la amadurecer. Ainda serão necessários muitos meses, talvez anos inteiros, mas uma coisa é certa: o pai de Jonatan pagará suas culpas, e a violência usada contra o filho se voltará contra ele de uma forma tão inesperada e brutal que não lhe restará tempo sequer para pronunciar uma palavra.

6.

Ontem Morgan contou a Imi que na ilha de Jersey cresce um capim muito especial. As vacas que o pastam produzem um leite delicioso, muito denso e com sabor de creme.

Usando esse leite e uma preciosa mistura de café cubano, uma tradicional cafeteria de Covent Garden prepara o melhor cappuccino de todo o Reino Unido.

Imi e Jordi estão realmente curiosos por experimentá-lo.

Agora acabam de entrar nessa movimentada cafeteria de Monmouth Street: por toda parte há uma grande agitação, todos fumam, e, à primeira vista, as mesas não parecem muito limpas.

Imi e Jordi se aproximam do balcão. O barman tem barba comprida e seus cabelos rastafári cheiram a maconha (Jordi percebe, Imi não).

— O que desejam? — pergunta o rapaz, apressadamente.

— Dois cappuccini e dois brownies bem quentes — pede Jordi, com seu acentuado sotaque espanhol.

Imi logo percebe que o barman não limpa o bocal do vaporizador antes de fazer o leite espumar e não resiste à tentação de fazê-lo notar isso:

— Na Proper Coffee, você receberia uma advertência escrita por essa falha, sabia?

E o outro:

— Não me diga que trabalha para aqueles filhos da puta! Um dia desses eles apareceram aqui, com suas roupas de poliéster, e disseram que queriam comprar nossa cafeteria. E, então, adeus brownies da tia Angela, café de Cuba e todo o resto...

— E vocês? O que responderam? — continua Imi.

— Vender é o caralho! Covent Garden está sempre cheio de turistas, o ano todo. — Em seguida, virando-se para Imi com um sorriso zombeteiro: — Mas me diga, rapazinho, é verdade que na Proper Coffee eles enchem vocês de manuais absurdos, nos quais, entre outras coisas, explicam que é preciso lavar as mãos depois de limpar o rabo?

Jordi e Imi caem na gargalhada.

— Pronto. Dois supercappuccini e dois brownies enormes. Portanto, são nove libras e oitenta pence.

— Viu aquele cara? Coberto de piercings e tatuagens... — murmura Imi, alcançando com Jordi a última mesinha no fundo da sala.

— E daí? Qual é o problema? O importante é que o cappuccino seja bom!

Hoje Jordi está com os olhos tristes: deve confessar a Imi que tomou uma decisão difícil. Está esperando o momento adequado, um instante de silêncio. Mas Imi não para de falar: é um grande tagarela. E o silêncio, entre eles, quase nunca acontece.

Pronto, esta poderia ser a ocasião certa: Imi finalmente se calou, ocupado em degustar o cappuccino que tem à sua frente.

É agora ou nunca. Jordi anuncia de um fôlego só:

— Amanhã vou me demitir. Não posso continuar sendo escravo naquele galeão de merda.

— Jordi, mas você enlouqueceu? Qual é o motivo? Eles nos pagam bem, nos dão até boas refeições. Além disso é cômodo, estamos em pleno centro...

— Imi, será possível que você nunca se dê conta de nada? Já se esqueceu da lamentável cena da torta esfarelada e de Victoria bancando o Al Capone? Não consigo mais trabalhar para endemoniados desse tipo. Você não viu? Como não percebe o quanto eles são patéticos, o quanto são vazios? Vou voltar para a Espanha.

A discussão continua por um tempão. Imi tenta convencer Jordi a não ir embora. Mas não consegue.

Por isso, agora, está triste e se sente repentinamente só. O abandono lhe dói. E lhe dói começar a perceber que a Proper Coffee não é o paraíso que ele havia imaginado.

Daqui a pouco subirão de novo juntos à roda-gigante, mas Imi, desta vez, não conseguirá se emocionar.

Durante todo o giro, permanecerá fechado num silêncio cheio de raiva.

7.

Como todas as manhãs, hoje o despertador de Imi toca pontualmente. Parece mesmo um dia como outro qualquer, mas, daqui a pouco, tudo vai mudar.

Imi está tomando banho. E se sente muito triste porque Jordi decidiu ir embora. Não imagina que o destino está prestes a submetê-lo a uma provação.

Tudo prossegue como de hábito: ele se veste, faz o desjejum, atravessa o parque, desce a escada da estação de Bethnal Green, enfia-se com dificuldade num vagão superlotado do metrô. Chega ao trabalho em cima da hora, enverga o uniforme e começa a preparar cafés e cappuccini: tudo se repete regularmente como todos os dias. Até o entardecer, quando a cafeteria fecha e Andrew pede a Imi que selecione no freezer os produtos quase fora da validade.

Imi executa a tarefa, verifica atentamente a data impressa em cada produto e reúne os descartáveis numa caixa vazia.

Caramba! Há mesmo muita comida.

Imi imagina que logo distribuirá todas aquelas delícias entre seus colegas. E pensa que ficará com o creme de caramelo e a musse de chocolate com nozes.

Só que a política empresarial mudou.

A comida a vencer não poderá mais ser distribuída entre os empregados, deverá ser jogada fora junto aos outros rejeitos.

Andrew é quem lhe comunica isso.

Imi acha que compreendeu mal. Pergunta:

— Devo mesmo jogar fora toda esta comida?

E Andrew:

— Claro que sim! São as novas diretrizes. Os produtos prestes a vencer devem ser eliminados para evitar especulações e espertezas por parte do staff. Está escrito aqui, leia: assinado pelo senhor Carruthers em pessoa. É um procedimento urgente; portanto, mexa-se.

— Mas...

— Escute aqui, Imi, hoje o dia foi péssimo, faturamos pouquíssimo. Maldita chuva!

— Andrew, sempre faço o que me é pedido, mas estes sanduíches, estas tortas, os croissants, os minipanetones, a musse de chocolate e o creme de caramelo ainda estão bons, e até esta noite podem ser consumidos sem problemas...

— Escute, garoto: não me faça perder a paciência. Pegue essas coisas e jogue na lixeira, depois vá para casa, tome um banho e relaxe. Tudo bem?

Imi permanece imóvel. Recorda seus 18 anos de orfanato: carne uma vez por semana, semolina com geleia, macarrão hipercozido temperado com Ovomaltine (para dar um pouco de sabor). Recorda sobretudo quando Ada *neni* fazia torta, e os meninos, com uma paciência de formiguinhas, recolhiam os farelos de massa que haviam grudado na toalha de plástico e competiam para conseguir a casca das maçãs e fazer a alegria de seus hamsters.

Recorda também as raras vezes em que havia almôndegas e todos lambiam o prato para não perder uma só gota daquele molhinho delicioso!

E agora, como poderia jogar no lixo toda aquela dádiva divina? Ele, que passou fome; ele, que viveu num lugar onde a comida sempre foi considerada sagrada.

Não! Não pode fazer isso.

Não teria coragem.

É algo muito distante dele.

É errado.

É estranho.

Andrew começa a se impacientar:

— Afinal, Imi, por que você ainda está aqui? Será tão difícil assim jogar essa tralha no lixo? Não esqueça que foi contratado para obedecer! E deve fazer o que mandam, entendeu? Não podemos ficar discutindo aqui até amanhã de manhã. Tenho o que fazer: verificar todos os pagamentos, preparar o comprovante a enviar à sede central, fechar o cofre e depois correr para casa, senão perco a partida do Manchester United. Ou seja, se eu perder por sua culpa...

— Andrew, estou pedindo por favor: jogue fora você mesmo estes sanduíches. Não consigo.

— Mas tem que conseguir! Porque é obrigado a respeitar a política empresarial. É a empresa que paga seu salário, e você tem a obrigação de fazer o que mandamos!

Imi está desesperado. Queria que Lynne estivesse ali com ele para convencer Andrew de que é um absurdo desperdiçar tudo aquilo. Mas Lynne, agora, não está.

Andrew, enquanto isso, está prestes a perder a paciência.

— Imi, não me desafie. Você está exagerando. Escute bem, estou pedindo pela última vez: vá jogar esses sanduíches no lixo e pronto, acabou.

Quando Andrew o fita nos olhos, Imi sente medo mas não se deixa intimidar.

— Vou contar até três. Se você não jogar no lixo a porcaria desses sanduíches, juro que vai pagar caro!

Imi está quase chorando. Contém as lágrimas com uma careta e, enquanto Andrew começa a contar, pensa que Jordi tem razão e que a Proper Coffee é mesmo uma empresa de filhos da puta.

— Fora! Fora daqui! Húngaro de merda! Desapareça! — estrila Andrew, depois de contar inutilmente.

E Imi corre, foge dele. Corre o mais depressa que consegue, para longe daquela cafeteria que até poucos instantes havia sido o depósito de todos os seus sonhos.

Faz muito frio e está escuro, porque em Londres é sempre inverno.

Imi precisa de ar e de céu. Então começa a correr rumo à ponte de Embankment e, quando finalmente chega, se detém. Olha as mil luzes que ladeiam o Tâmisa, olha a enorme roda-gigante que sempre o emocionou, mas não consegue parar de chorar. A raiva pela injustiça que sofreu é muito forte.

Andrew, por sua vez, está realmente enfurecido, sente um grande desejo de vingança. Quer que Imi pague muito caro a sua afronta.

Mas como?

Está tão furioso que não consegue se concentrar, então pega o *Manual do diretor* e começa a folheá-lo com a rapidez do nervosismo. Capítulo por capítulo, parágrafo por parágrafo, esmiuçando aquela interminável enfiada de regras insossas em busca de uma possível punição exemplar. Vejamos: "Problemas com o staff"... "Insubordinação"... bom... vamos em frente... nada... nada, nem aqui. Um pouco mais adiante... até que seus olhos se detêm no capítulo intitulado "Término do período de experiência".

Os membros do staff que, durante as primeiras doze semanas de trabalho, não se mostrarem à altura de suas obrigações, podem ser dispensados sob indicação dos próprios dirigentes da cafeteria, sem necessidade de nenhum procedimento disciplinar.

Andrew pega no fichário a papelada de Imi, lê sua data de contratação e em seguida consulta o calendário: só se passaram onze semanas.

Então, não pensa duas vezes: senta-se à escrivaninha, comunica à sede central que o senhor Imre Tóth não foi aprovado no período de experiência e propõe a dispensa dele com efeito imediato, por insubordinação.

Victoria — ele tem certeza — aprovará essa sua decisão. Imi é de fato um garoto desaforado: ousou compará-la a Jessica Fletcher e até se livrou da advertência escrita por causa do episódio da torta com uma esperteza de malandro.

8.

Imi está cheio de raiva e dor. Está parado na ponte de Embankment: e chora. Todos passam ao seu lado com indiferença, sem sequer olhá-lo. Talvez tenham medo de suas lágrimas, ou sintam inveja delas porque, há muito tempo, já não conseguem chorar. Os ingleses são assim. São corteses. Se você lhes dá um encontrão na rua, são eles que pedem desculpas. E dizem o tempo todo que "lamentam". Mas quase nunca é verdade.

É a hora do rush: a ponte está sendo atravessada por um monte de gente apressada. No meio dessas pessoas, Imi nunca se sentiu tão sozinho. É por isso que, agora, precisa abraçar alguém e corre para a livraria onde Morgan trabalha.

Quer dividir a dor: aprendeu isso no orfanato. Uma técnica eficaz de sobrevivência. Uma rede de proteção necessária, ante a falta dos genitores.

Morgan o vê entrar todo esbaforido e vai de imediato ao encontro dele.

Imi lhe conta tudo. Sua voz está embargada pelo pranto e pela raiva.

Morgan explica ao seu supervisor que houve uma pequena emergência e pede autorização para voltar à sua casa antes do horário habitual. O supervisor reclama um pouco mas, por fim, concede a permissão.

Agora, Imi e Morgan estão caminhando juntos entre as compridas sombras de prédios altíssimos. Morgan acha que Imi acaba de se tornar adulto.

Se tivesse permanecido em seu vilarejo húngaro, isso aconteceria de maneira menos traumática: dia após dia, lentamente. Só que Imi decidiu vir para Londres. O melhor lugar para se tornar adulto em pouco tempo.

Morgan se sente inútil: queria fazer alguma coisa para ajudá-lo, mas percebe não ter muitas possibilidades, porque a gente vence o poder com o poder, e ele é apenas um vendedor de livraria.

Como, afinal, poderia ajudar seu jovem amigo?

Claro, poderia achar para ele um novo emprego, talvez até na própria livraria onde trabalha. E seguramente não gastará mais um só penny nas cafeterias da Proper Coffee. Também contará aos seus amigos a injustiça sofrida por Imi. Assim, tirará da empresa uns dez clientes, lançando com sua pequena funda umas pedrinhas contra um petroleiro enorme, jamais derrotado por nada e por ninguém.

Mas de que adiantaria?

9

Esta noite Imi não conseguiu dormir. A serenidade necessária ao sono desapareceu, e a lembrança do dia recém-transcorrido se superpôs a todos os outros pensamentos.

Imi está orgulhoso da decisão tomada, mas não é suficientemente maduro para aceitar as consequências. Por isso agora está sofrendo. Sente-se apavorado pela ideia de ser demitido. Ontem, Morgan lhe explicou direitinho que os dirigentes não podem ser desafiados daquele jeito. Podem ser enganados e até ridicularizados pelas costas: mas desafiados, não.

À diferença de Morgan, porém, Lynne está otimista: não conhece a política da Proper Coffee quanto ao período de experiência e, portanto, está explicando a Imi que a demissão é um procedimento meio complicado: são necessários motivos graves, testemunhas, análises efetivas do rendimento. Em suma, ela acha que tudo se resolverá com uma advertência por escrito. No máximo, teme que Andrew e Victoria decidam mandar Imi para Coventry.

— Para Coventry? — pergunta ele, pensando numa transferência.

Mas Lynne, quando fala de Coventry, não está se referindo à cidade nas West Midlands.

Na realidade, "mandar alguém para Coventry" é um modo inglês de falar por trás do qual se esconde um estratagema atroz.

Quando os funcionários se tornam difíceis de administrar e já não estão agradando, restam aos dirigentes duas possibilidades: demiti-los ou — por assim dizer — facilitar a demissão deles.

É isto que significa mandar alguém para Coventry: tornar impossível a vida do empregado, dia após dia, até a exasperação. Atribuir-lhe um volume inimaginável de trabalho, colocá-lo sob pressão, humilhá-lo: até obrigá-lo a sair voluntariamente da empresa.

Em suma, um dos mais mesquinhos e, ao mesmo tempo, mais refinados produtos da diplomacia britânica.

Lynne e Imi estão falando justamente disso quando um mensageiro de correio expresso toca a campainha. É um jovem de aspecto mediterrâneo e traz nas mãos uma carta registrada, com o logotipo da Proper Coffee impresso bem à vista.

Imi assina o recibo e abre a carta.

Sua impaciência é tão complexa e rica de nuances que nenhuma palavra conseguiria descrevê-la com exatidão.

Prezado senhor Imre Tóth,

Pela presente, lamentamos comunicar-lhe que, em virtude de seu escasso rendimento, seu período de experiência para a vaga de barman na cafeteria Proper Coffee de Londres-Embankment não foi aprovado. Portanto, sua relação de trabalho conosco deve ser considerada extinta a partir de hoje.

Pedimos que, no período de sete dias após a recepção deste comunicado, o senhor se apresente à sede central da empresa, a fim de devolver o uniforme, o cadeado e o cartão magnético de nossa propriedade.

Fica acertado que as relativas cauções depositadas para os supracitados objetos lhe serão imediatamente reembolsadas.
Cordiais saudações,

Mrs Elisabeth Archard
Diretora de Pessoal
Proper Coffee LTD
Londres

FINAL
A queda dos deuses

1.

O jato particular do senhor Carruthers acaba de aterrissar em Zurique, uma cidade-teatro onde há séculos o espetáculo da perfeição entra em cena sem ser perturbado, para um público unicamente de ricos, reproduzindo com sucesso uma impecabilidade muito distante do coração.

Em Zurique, nessa fortaleza do bem-estar, nessa cidade perfumada pelo vento e privilegiada pelo destino, tudo acontece de maneira tão previsível e tranquilizadora que a morte acidental de um pombo, esmagado nos trilhos do bonde, representa para os transeuntes uma carnificina: um evento insuportável que exige chamar com urgência os homens da coleta de lixo urbano, a fim de que limpem logo a rua, eliminando às pressas a pavorosa presença daquele cadáver dilacerado, que perturba, mancha e arruína a harmoniosa serenidade do entorno.

Julian Carruthers gosta de aterrissar no aeroporto de Zurique, mas sobretudo de descer a escada de seu jato particular com absoluta pontualidade e encontrar à sua espera — bem ali em frente — o magnífico Bentley negro do hotel Baur au Lac: luzidio, esplendoroso e cheio de mil comodidades supérfluas. Quem lhe dá as boas-vindas, exibindo luvas brancas, é sempre o mesmo motorista. Um homem imperceptível nos movimentos — apesar de seu corpanzil de guerreiro — e capaz de dirigir aquele automóvel como um soberano, em pleno silêncio, até a Talstrasse, bem diante da porta giratória do hotel: um palácio real provisório para reinantes sem cetro, um limbo privilegiado para magnatas das finanças e celebridades da lírica, mas também um lugar de culto para o senhor Carruthers.

No Widder, ele jamais conseguiria se hospedar: naquele local se sentiria deslocado. O Widder é caprichoso e excêntrico demais: suas colchas de pele, os afrescos medievais, as traves milenares no forro e a imprevisível mistura de antigo e moderno fazem do hotel um lugar inadequado para um provinciano como ele. Eis por quê, há anos, o senhor Carruthers sempre reserva o apartamento 216 do Baur au Lac: aquele local suntuoso, com as sacadas cheias de flores, a inestimável coleção de vasos japoneses, o banheiro tão grande quanto uma casa popular e os toldos listrados em branco e azul. Um lugar faraônico e cinematográfico, provisoriamente seu, ao custo de 3.200 francos por noite. Um preço louco, esse da perfeição, que o senhor Carruthers sempre se sentiu feliz por pagar, consciente de que no Baur au Lac haviam se hospedado até a princesa Sissi, Thomas Mann, Audrey Hepburn, Alfred Hitchcock e um círculo restrito de outras pessoas ilustres, que, no entanto, à diferença dele, além do dinheiro tinham também elegância e talento.

Nesse imperial hotel do passado o senhor Carruthers é atendido em tudo pela solicitude suíça de uma miríade de criados, cozinheiros e camareiros, que competem entre si para satisfazer todos os seus desejos. Aqui, mais do que em outro lugar, o diretor-geral da Proper Coffee consegue se sentir onipotente e pode se comportar como um imperador: com poucos minutos de antecedência, pede, para o desjejum, ovos de codorna e geleia de margaridas, e exige que o porteiro lhe consiga um inencontrável ingresso para a *Lucrécia Borgia* programada para essa mesma noite na Zurich Opera. E também, se por acaso cismar que emagreceu um pouco, manda chamar imediatamente uma costureira que lhe tire as medidas para comunicá-las com urgência à camisaria San Marco de Veneza, no caso em que o cortador deva modificar, ainda que só em poucos milímetros, o modelo das camisas recém-encomendadas, aquelas confeccionadas com um linho tão leve e precioso que são necessários uns 250 quilômetros de fio para obter um só quilograma de tecido. Tais refinamentos, em Londres, já não se encontram há tempos. Por isso, o senhor Carruthers é obrigado a mandá-las vir de Veneza, cultivando a secreta esperança de que, um dia, também a ele será concedido aplicar sua excêntrica assinatura no prestigioso livro de ouro da camisaria: bem ao lado das de Igor Stravinski, do rei George V, de Ernest Hemingway e de Pablo Picasso.

Mais tarde, ao entardecer, voltando de secretas reuniões financeiras, o senhor Carruthers é atendido solicitamente por um jovem recepcionista, que empurra para ele a grande porta giratória do hotel (e o chama de "Herr Doktor", como se ele tivesse de fato um diploma em economia). Atravessada aquela soleira simbólica, não precisará se preocupar mais com coisa alguma. Nem sequer com apertar o botão do elevador, porque sempre haverá alguém pronto a fazer isso em seu lugar.

Pouco depois, no apartamento 216, encontrará à sua espera as cem orquídeas brancas poeticamente equilibradas entre os ramos frágeis de uma planta enorme, seu papel de correspondência predileto — vergê em transparência e adornado pelo emblema de um leão —, os sabonetes quadrados, com perfume de violeta, e deliciosos chocolatinhos, delgados como hóstias, embalados um a um e acomodados em caixinhas tão suntuosas quanto as das joalherias.

O serviço de quarto também faz parte do espetáculo teatral que o Baur au Lac põe em cena para satisfazer os desejos do senhor Carruthers. O rapaz polonês — com óculos pretos acentuados pela brancura impecável de seu uniforme — serve-lhe em silêncio suculentas delícias arrumadas graciosamente em pratos bem aquecidos e protegidos por cenográficas cúpulas de prata.

Cada mínimo detalhe é grandioso, irreal: ao estilo Grace Kelly.

Para o senhor Carruthers, tudo isso se tornou indispensável: seu desperdício contínuo elevou a tal ponto, nele, o limite da felicidade que agora são necessárias experiências como essa para torná-la possível. Um pé de framboesa encontrado no bosque não bastaria para emocioná-lo nem por um instante, nem o tornaria feliz quando criança: era filho único de uma família rica de Coventry — gente muito crítica, de nariz empinado, incapaz de lhe ensinar a empatia e a alegria pelas pequenas coisas.

Também é culpa deles se, hoje, o senhor Carruthers se tornou dependente de emoções cada vez mais clamorosas: justamente como suas temporadas suíças, um hábito caro mas necessário para demonstrar a todos (sobretudo a si mesmo) que ele teve sucesso na vida, e o apartamento 216 do hotel Baur au Lac é a prova evidente disso.

2.

Morgan e Susan estão de novo em Lyme Regis. Percorrem juntos o molhe de pedra ao longo do qual Meryl Streep desaparece no final de um célebre filme dos anos 1980: querem sentir os respingos das ondas no rosto. A água está gelada, o vento é forte. Morgan sente as gotas de mar deslizarem por suas faces e até dentro dos lábios. Têm um sabor amargo: o que encoraja os pensamentos tristes.

— Aqueles filhos da puta da Proper Coffee demitiram Imi porque ele se recusou a jogar fora uma comida ainda fresca. É uma injustiça total. Seria bom procurar o sindicato e fazê-los pagar caro!

Susan é cética:

— Acha mesmo que adiantaria alguma coisa?

Morgan gostaria de responder: gostaria de lhe dizer que os abusos de poder existem graças às pessoas que pensam assim, e que habituar-se às injustiças impossibilita qualquer revolução.

No entanto, permanece em silêncio.

É uma noite realmente estranha, esta. Muito mais escura e mais densa do que o habitual.

3.

É segunda-feira, e o Big Ben está prestes a bater as doze badaladas que assinalam o limite entre manhã e tarde. Neste preciso instante, todos os personagens da nossa narrativa estão ocupados em enfrentar a vida ao seu modo.

De volta de Lyme Regis, Morgan e Susan acabam de chegar à estação Vittoria. O senhor Carruthers está fazendo o desjejum no hotel Baur au Lac de Zurique: a geleia de margaridas é mesmo gostosa, e ele a espalha generosamente sobre uma torrada ainda quente e recém-untada com manteiga. Tudo isso enquanto Lynne pinta de vermelho as unhas dos pés e cantarola "Everything Must Change", de Nina Simone. Ao mesmo tempo, sua vizinha de casa esfrega limpador de metais num velho centro de mesa em prata.

Nesse exato momento, Jordi chega ao aeroporto de Stansted com sua bagagem e procura no telão das partidas o voo para Barcelona. Já Imi, na biblioteca de Peckam Rye, lê os jornais em busca de um novo emprego.

Margaret Marshall, nesse meio-tempo, está assistindo a *Stromboli*, de Roberto Rossellini. Tirou o telefone do gancho e pediu ao porteiro que não a incomode por motivo algum.

Andrew e Victoria acabam de saber que ganharam (inclusive graças ao duro trabalho de Imi) a viagem-prêmio a Palma de Mallorca.

Em um impulso de fervor religioso, Andrew exclamou: "Deus existe!" Ao passo que Victoria correu a conferir a previsão do tempo: em Mallorca, naquele período do ano, às vezes é até possível tomar banho de mar.

Pronto, parece tudo normal: tudo prossegue sem transtornos. Até determinado instante. Um daqueles instantes limítrofes, destinados a mudar todas as coisas de modo irreversível.

Acontece assim que Morgan e Susan descem do trem: é como um quebra-cabeça que se resolve sozinho.

Morgan tem uma iluminação.

Pronto! Com certeza! Como pode não ter pensado nisso antes?

— Susan! — exclama, empolgado. — Tive uma ideia genial! Vence-se o poder com o poder! Leve a minha maleta. Preciso correr à senhora Marshall. Hoje à noite lhe conto tudo...

Susan fica perplexa. Que diabo está acontecendo?

Morgan está impaciente. Corre para a saída da estação e pensa: "Às favas o ônibus!" Desta vez, pegará um táxi. Tem muita pressa:

— Sloane Street, 37 — diz ao motorista. E acrescenta: — O mais rápido que puder.

(...)

Morgan acaba de chegar à casa de Margaret Marshall. Está falando com o porteiro: quer ser anunciado: diz que não pode esperar e que é urgente.

Mas não há nada a fazer. O porteiro é inflexível: a senhora está assistindo a um filme, e quando está assistindo a um filme ela não quer ser interrompida por nenhum motivo. Hoje, aliás, frisou isso expressamente!

Morgan tenta de todos os modos convencê-lo a abrir uma exceção. Mas o porteiro não cede. É um homem confiável: assumiu um compromisso com a senhora Marshall e pretende respeitá-lo.

Só resta a Morgan passar das palavras aos fatos e subir correndo pela escada.

— Pare! Volte! Não pode subir assim, sem permissão! — grita o senhor Huxley. Mas Morgan não o escuta e, galgando os degraus de dois em dois, alcança rapidamente o último andar.

Então o porteiro sai de sua guarita e chama o elevador:

— Ei, rapaz! Volte logo aqui! A senhora está vendo um filme. E não quer ser incomodada!

Mas Morgan está determinado demais para se deter. Portanto, bate à porta o mais forte que pode:

— Senhora Marshall! Senhora Marshall! Por favor, abra! Sou eu, Morgan, preciso falar com a senhora.

Margaret se dá conta do tumulto. Mas não compreende.

Aborrecida, interrompe a visão do filme de Rossellini.

Enquanto isso, o porteiro pegou o elevador e está quase chegando ao andar.

— Senhora Marshall! Sou Morgan, da livraria. Por favor, me deixe entrar!

Finalmente, Margaret resolve abrir a porta.

O senhor Huxley vai ao seu encontro, ofegante:

— Senhora! O rapaz escapuliu pela escada como um raio. Não houve jeito de segurá-lo!

Margaret está divertida pela agitação dele:

— Não se preocupe, senhor Huxley. Está tudo bem, pode ir. — E convida Morgan a entrar. Está curiosa: quer conhecer os motivos que levaram seu jovem amigo até ali com tanta urgência.

— Senhora Marshall, desculpe por incomodá-la, mas aconteceu uma coisa realmente terrível a Imi, o rapazinho de quem eu lhe falei. Perdeu o emprego. E sabe por quê? Porque se recusou a jogar no lixo uma comida ainda fresca. É um absurdo! Eles o demitiram por causa de seus bons princípios morais! Ele, um órfão, que foi paupérrimo, não podia de jeito nenhum jogar fora tudo aquilo, como se nada fosse. Nem eu mesmo conseguiria, imagine ele: convém se imaginar em seu lugar. É uma injustiça grande demais, senhora Marshall: inacreditável. Foi demitido sumariamente. E agora ele está mal, decepcionado, triste. E tem razão!

A senhora Marshall está perplexa, o que Morgan está lhe contando é de fato muito errado. Mas o que ela tem a ver? O que poderia fazer para ajudar aquele rapaz?

Pensa nisso um instantinho, mas depois responde que as injustiças sempre existiram no mundo e que é preciso aprender a conviver com elas.

— Senhora Marshall, por favor: não fale como Susan! A senhora é uma pessoa especial. É poderosa, tem voz ativa: sem dúvida pode fazer alguma coisa! Não é possível que esse rapaz perca o emprego assim, sem motivo. É absurdo. É imoral.

— Morgan... tenha paciência, procure entender, eu estou mal. Tenho um pé na cova e outro no manicômio. Mesmo que quisesse, não teria forças para ajudar vocês. O que eu poderia fazer? Estou completamente fora de circulação, mandei tudo às favas...

— A senhora bem sabe que não é assim. Poderia ajudá-lo, e muito. Ganhou o Nobel porque é uma pessoa melhor do que as outras. E, justamente por isso, tem o dever de combater a injustiça. Não pode simplesmente dizer "sinto muito" e se voltar para o outro lado, como faz a maioria dos ingleses.

Margaret deixa que Morgan continue sua arenga apaixonada.

— Por que não telefona aos caras da cafeteria e os deixa um pouco amedrontados? Eles têm que entender que não podem se comportar assim. Aproveitam-se dos fracos e os esmagam sem dignidade. Sabia que aumentam com água a sopa de cenoura, para faturar mais? Sabia que, para ganhar a viagem-prêmio a Palma de Mallorca, chantageiam os jovens das repúblicas bálticas, e, quando o visto temporário deles vence, continuam a fazê-los trabalhar, em troca de um monte de horas extras não pagas? E a senhora quer mesmo que tudo isso continue acontecendo?

Margaret conhece a injustiça. E também conhece a raiva de Morgan. Ou melhor: foi justamente essa raiva que a conduziu à solidão e à clausura quase completas.

Mesmo assim, não se deixa convencer. Já se fechou no silêncio há tempo demais.

— Meu jovem — responde —, escrevo livros. Não faço milagres. Mas lhe prometo que pensarei nisso, me dê um pouco de tempo. Agora, porém, você deve ir. Estou cansada e preciso ficar sozinha.

Morgan fica decepcionado. Margaret o está mandando embora.

No entanto, ele gostaria de lhe falar mais: gostaria de convencê-la de que sua ajuda seria determinante.

Ela, porém, não permite, e, com a gentileza própria dos ingleses, acompanha-o até a porta para dispensá-lo.

4.

Margaret fica novamente sozinha em seu museológico salão-biblioteca, e está pensando. Reflete que nem conhece o tal rapazinho húngaro, amigo de Morgan. Claro, é uma história particularmente injusta. Ela, porém, o que tem a ver? É uma intelectual e não tem nenhuma responsabilidade social. Está convencida de que a tarefa de uma escritora é encantar, descrever o mundo e mostrá-lo a quem não consegue enxergá-lo realmente.

Mais do que uma revolucionária, sempre se considerou uma obstetra capaz de fazer nascer nos outros, com suas palavras, muito mais amor e muito mais interesse pela vida.

Claro, poderia narrar a história de Imi e revelá-la a milhões de pessoas. Mas por que deveria lutar pelos direitos dele? Afinal, não é uma sindicalista.

Faz bastante tempo que sua casa se tornou uma ideal redoma de vidro, um lugar isolado do mundo, da maldade e da vulgaridade. Ela errou em deixar Morgan entrar num ambiente tão frágil e perfeito. Porque, afinal, esse jovem contaminou com suas narrativas aquela perfeição e aquela fragilidade. Agora, por culpa dele, no salão-biblioteca, junto com o perfume de lavanda, também existe Imi; existem os sanduíches frescos jogados fora por um mecanismo absurdo de poder e existem aqueles loucos da Proper Coffee que aumentam com água da torneira a sopa de cenouras, a fim de ganharem uma viagem-prêmio a Palma de Mallorca.

A harmonia foi destruída. Agora é tarde demais: Morgan desmascarou o egoísmo da solidão dela.

Portanto, será preciso agir. Mas como?

Margaret se dá conta de não ter forças para tal. Sente-se débil e muito próxima da morte para poder se ocupar dos outros.

Sua casa é tudo o que ela tem. E lhe basta.

Pensa:

"No dia em que eu morrer, estes meus livros, as xícaras de chá japonesas, os programas de ópera, a areia recolhida diante de Bleak House, as conchas achadas na praia de Lerwick: tudo continuará existindo, mas deixará de ser meu. De repente será de outros. Outros se apoderarão desses objetos. O que agora é meu acabará espalhado por toda parte, como as minhas cinzas. Será parte de outras vidas. Propriedade de novas pessoas. Perderei tudo com a morte, e minhas coisas me perderão, o afeto com que sempre as guardei, o amor que lhes demonstrei."

Ela agora segura a cabeça entre as mãos. Sente raiva e vergonha. Tem medo e está indecisa. Não sabe o que fazer. Então se levanta e liga o rádio. Acabaram de iniciar a transmissão da *Fantasia para piano, coro e orquestra*, de Beethoven. Uma obra escrita com pressa e fúria em dezembro de 1808, mas ainda capaz de transtornar a alma. Margaret mantém os olhos fechados: quer que a música entre nela, quer senti-la vibrar contra as pálpebras, reanimar os batimentos de seu coração cansado.

É um momento perfeito, este. Vazio de qualquer outro pensamento. Cheio somente de harmonia e de encanto.

Todo o resto não importa. Não importa a solidão, não importa a saudade, não importa a dor, não importa a tristeza e não importa nem mesmo a doença.

A música cresce, com imponência cada vez maior. Eleva a mente até conduzi-la para fora do corpo. O corpo está imóvel. E a mente, livre, pode se unir à música: *"Lohnt dem Menschen Götter Gunst. Lohnt dem Menschen Götter Gunst"*,* repete obsessivamente o coro. Margaret prende a respiração. E permanece imóvel.

Como é preciso o êxtase: a possibilidade de esquecer-se de si, ainda que só por um momento, e conseguir existir em algo diverso.

Agora a mente de Margaret está longe do corpo, próxima apenas da essência mais pura da vida. Aquela que muitos, no arco inteiro de uma existência, jamais conseguem alcançar.

"Lohnt dem Menschen Götter Gunst. Lohnt dem Menschen Götter Gunst", repete obsessivamente o coro, até que a música culmina, exaurindo-se num vórtice iluminante de notas.

Margaret abre os olhos.

Agora não tem mais medo.

Agora sabe o que deve ser feito.

Sim, desta vez iria lutar, e faria isso do seu jeito.

Então se levanta, tira do gancho o telefone antiquado, respira fundo e começa a discar: 0171-7880280.

---

* "O favor dos deuses recompensa os humanos." (N. T.)

5.

— Olá, Helena. Aqui é Margaret.

— Margaret, Deus te abençoe! Por favor, me diga que viu *Duas mulheres* e descobriu que a Loren é um gênio.

— Não. Não vi *Duas mulheres*, mas liguei para lhe propor uma troca.

— Uma troca? De que tipo?

— Eu irei a Nova York para premiar a Loren, mas você, não me interessa como nem quanto lhe custará, conseguirá que o diretor-geral da Proper Coffee venha à minha casa, até amanhã. Invente alguma coisa, eu lhe dou carta branca.

— Margaret, adoro você. E sabe o quê? Acho mesmo que vou conseguir: o pessoal da Proper Coffee compra um monte de páginas publicitárias em nossas revistas. E pagam bem! Só preciso de poucas horas. Dou alguns telefonemas e, assim que tiver confirmação de que tudo está combinado, ligo para você

Helena nem imagina o que está se passando na cabeça de Margaret. Mas fica animada. "Inacreditável!", grita, assim que desliga, e na mesma hora organiza uma reunião extraordinária com seus colaboradores mais próximos, a fim de anunciar que Margaret Marshall participará do New York Glamour Award. A assessoria de imprensa fica encarregada de divulgar imediatamente um comunicado sobre a notícia:

— Preste atenção — recomenda Helena à sua colaboradora —, você deve destacar que Margaret Marshall sofre de câncer, e que este será seu primeiro compromisso público após a atribuição do prêmio Nobel (coloque isso em negrito, não esqueça). E tudo por quê? Porque Margaret Marshall *adora* Sophia Loren. S*empre* foi sua atriz preferida e, apesar da doença, ela decidiu participar das comemorações só para entregar à Loren o prêmio pela carreira.

Logo depois se dirige ao responsável pelos eventos e o encarrega de organizar a viagem, sem preocupação com despesas! E que seja reservada uma suíte no Four Seasons!

Por fim, pergunta ao diretor de marketing quantas páginas de publicidade a Proper Coffee comprou nas revistas prestes a sair. São dez, por um total de 50.000 libras esterlinas. Helena liga pessoalmente para a secretária do senhor Carruthers e lhe propõe uma permuta: sua editora oferecerá gratuitamente todas aquelas páginas se Julian Carruthers topar ser entrevistado por Margaret Marshall.

Helena explica, mentindo, que a senhora Marshall está trabalhando num ensaio sobre a história do café, e portanto considera necessário conversar com o senhor Julian Carruthers, o qual, em matéria de café, é sem dúvida uma das pessoas mais competentes de todo o Reino Unido.

A secretária se apressa a contatar seu chefe para lhe propor a permuta. O senhor Carruthers confere os compromissos do dia seguinte e, ao perceber que terá uma hora livre entre a sessão de fisioterapia e o jantar com sua jovem amante, resolve aceitar.

No fundo, sente-se lisonjeado por uma vencedora do prêmio Nobel de literatura ter escolhido entrevistá-lo, justamente ele.

— Pode marcar o encontro para amanhã, entre 17h e 17h45. Mas, atenção, preciso receber o mais rápido possível a biografia dessa mulher. Além disso, descubra alguém que leia por alto um dos romances dela e saiba resumi-lo em poucas palavras. Providencie também um daqueles cofrinhos de prata com os quais costumamos presentear os jornalistas. Afinal, não posso me apresentar de mãos vazias.

E, assim, Julian Carruthers aceita encontrar Margaret Marshall.
    Amanhã, às cinco, os dois estarão sozinhos, sozinhos, no salão-biblioteca da casa de Sloane Street.

6.

Margaret está muito nervosa: caminha para lá e para cá em seu salão. Quer planejar tudo nos mínimos detalhes. Pensa nas palavras mais adequadas para encurralar o senhor Carruthers e, quando julga tê-las encontrado, repete-as em voz alta. Mas parecem sempre inadequadas. Que droga! Não é fácil desafiar para um duelo uma pessoa daquelas.

Margaret se detém. Pega o telefone, liga para a livraria e pede para falar com Morgan. A moça do caixa o localiza servindo-se do pequeno microfone que tem à sua frente.

— Senhora Marshall?

— Bom-dia, Morgan. Escute, você poderia pedir àquele rapaz húngaro que venha à minha casa? Amanhã, às 18h em ponto. Nem um minuto antes. E que ele espere lá embaixo com o porteiro até eu mandar subir!

— Claro, senhora Marshall! Resolveu ajudá-lo?

— Vou tentar, mas agora não posso lhe explicar. Aliás, vocês têm aí na loja algum livro sobre Sophia Loren? Uma biografia bem-feita, com a história da infância dela..

— Acho que sim.

— Bom, então, na próxima vez que você vier, me traga isso também

— Claro, senhora Marshall, e me desculpe de novo por hoje de manhã. Eu não queria...

— Não se preocupe, Morgan. Também já fui jovem. Aquela raiva é impossível de conter. Ou melhor, obrigada por me fazer me lembrar dela.

Morgan não consegue sequer imaginar o que está para acontecer, mas telefona imediatamente a Imi e lhe comunica que a senhora Marshall quer ajudá-lo e o espera em sua casa, amanhã às seis da tarde.

Ele deverá ser pontual: nem adiantado nem atrasado. E deverá se vestir elegantemente, com a camisa bem engomada e uma gravata que combine com todo o resto.

7.

Já é o dia seguinte. São quase cinco da tarde, e Margaret está se preparando para receber o senhor Carruthers. Decidiu: vai usar o vestido que Yves Saint Laurent criou especialmente para a cerimônia do Nobel. É um traje de rara elegância e ainda lhe assenta magnificamente. O cabeleireiro acabou de sair e lhe fez um penteado como o das atrizes do passado.

Margaret se olha no espelho e descobre que ainda é bonita. Pronto, enfim, depois de tanto tempo, está novamente solene e consegue incutir submissão.

O porteiro, enquanto isso, interfonou para informá-la de que o florista entregou os amarílis brancos encomendados.

— Ótimo! Traga-os agora mesmo — diz Margaret. E acrescenta: — Preste atenção: quando o senhor Carruthers chegar, deixe-o subir sozinho. Não permita que ninguém o acompanhe. Diga que eu desejo ter uma conversa particular com ele. Entendeu bem, senhor Huxley?

O porteiro fica surpreso com tanto alvoroço, sabe lá o que a velha está arquitetando! Fazia anos que ela não lhe falava com uma voz tão estridente.

8.

São cinco horas em ponto. O Bentley preto do senhor Carruthers acaba de estacionar diante do número 37 de Sloane Street. Durante a viagem, um profissional de comunicação resumiu por alto, para o diretor-geral da Proper Coffee, a biografia da senhora Marshall: contou-lhe o enredo de seu último livro e explicou que ela é uma pessoa esquiva e reservada.

Agora Julian Carruthers acredita saber tudo sobre Margaret Marshall. Enquanto um assistente seu o anuncia ao porteiro, ele ajeita suas abotoaduras da Gucci, tomando o cuidado de que fiquem bem visíveis.

O elevador já chegou ao térreo. O porteiro chama Margaret e informa que o senhor Carruthers está subindo sozinho.

— Perfeito — diz ela. E desliga.

Imediatamente sente o coração bater com força por todo o corpo, por assim dizer. Está morrendo de medo, agora. Os dedos das mãos ficaram gelados de repente e começaram a tremer um pouco.

Apesar de tudo, aproxima-se da porta com desembaraço e abre-a.

O senhor Carruthers está finalmente diante dela.

Algumas breves frases de conveniência, um aperto de mãos, e em seguida Margaret o acomoda em seu salão-biblioteca. Ele gostaria de cumprimentá-la pelo extraordinário vestido, mas, lembrando que se trata de uma pessoa esquiva e reservada, decide manter para si essas palavras. Em contraposição, entrega-lhe como presente o grosseiro cofrinho de prata cheio de grãos de café, aquele que a empresa dá aos jornalistas corruptos em troca de suas mutretas.

"Que horror!", pensa Margaret. Mas agradece do mesmo jeito e, com ironia sutil, acrescenta:

— É tão bonito que vou colocá-lo no quarto, junto da foto de minha mãe.

Agora estão sentados um diante do outro.

E a cerimônia do chá pode começar.

— Leite ou limão, senhor Carruthers?

— Leite, obrigado.

— Pronto, aqui está o açúcar...

— Perfeito...

— Sabia que o senhor é exatamente como o descrevem?

— Como assim?

— Um homem com olhos de gelo. Li isso no *Financial Times*.

— Pois é, são aquelas definições que os jornalistas colam na gente e das quais, mais tarde, é difícil se livrar. Deve ter acontecido também com a senhora, imagino...

— Sim, me chamavam "a pastorinha".

— A *pastorinha*?

— Bem, isso foi antes do Nobel, naturalmente. Agora, sou Margaret Marshall para todos.

O senhor Carruthers não perde tempo:

— A senhora está escrevendo um livro sobre café, eu soube... — E em seguida, mentindo: — Li seu último romance e queria parabenizá-la: uma história tão estratificada, secreta. Alcança a alma, penetra-a. E depois não se consegue voltar atrás...

Mas Margaret não se deixa enganar, pelo contrário: como pagou a peso de ouro os quarenta e cinco minutos desta conversa, não demora a desfechar o primeiro ataque:

— O senhor é um homem de negócios, uma pessoa brilhante, capaz de reconhecer de imediato o que é mais conveniente para sua empresa.

— Pode apostar, e foi justamente graças à minha intuição que eu cheguei tão alto.

— Eu já imaginava, senhor Carruthers. E sabe de uma coisa? Justamente por esse motivo eu lhe pedi que viesse aqui hoje. O livro sobre café não tem nada a ver.

Julian Carruthers franze a testa.

Margaret continua:

— O senhor deve saber que, desde o dia em que recebi o Nobel, eu me fechei num silêncio total. Não escrevi mais nada. Nem sequer uma linha. E é por isso que todos esperam uma palavra minha. Meu silêncio, tão prolongado, acabou criando expectativa entre leitores e jornalistas. Todos se perguntam: "Como é possível que Marshall não tenha mais nada a dizer?" E, de fato, é uma pergunta legítima. Como uma pessoa ganha o Nobel e depois permanece em silêncio? Não é possível. As pessoas não esperam isso, não admitem...

"Mas por que lhe digo tudo isso?"

"Bom... veja, senhor Carruthers, eu fiquei muito amargurada com a história de um funcionário seu, o jovem Imre Tóth. Um barman da filial de Embankment."

O senhor Carruthers crispa as sobrancelhas.

— Esse rapaz viveu por dezoito anos num orfanato húngaro. Em seguida veio para Londres, sonhando fazer carreira e se tornar um dirigente da Proper Coffee. Imagine, ele é tão ingênuo que acredita poder comprar, um dia, com sua poupança, um pequeno apartamento no St. George Wharf.

"Em resumo, esse rapaz um pouco *naïf* trabalhou para vocês muito duramente e com uma motivação bastante rara, acredite. Infelizmente, foi demitido. E sabe por quê? Porque se recusou a jogar no lixo uns sanduíches ainda frescos, que venceriam no dia seguinte e que os funcionários gostariam de levar para casa, como havia sido o costume até aquele dia. Mas isso não é tudo: na cafeteria de vocês em Embankment os jovens das repúblicas bálticas são chantageados: em troca do silêncio sobre o visto de permanência deles, já vencido, são obrigados a trabalhar dezenas e dezenas de horas extraordinárias não remuneradas. Em suma: são tratados como escravos. Para não falar dos dirigentes, que aumentam com água a sopa de cenoura a fim de incrementar as vendas e aumentar a possibilidade de ganhar a viagem a Palma de Mallorca, que o senhor oferece como prêmio às cafeterias mais rendosas."

Silêncio. Um silêncio total, tão denso que ressalta qualquer respiração.

O senhor Carruthers está imóvel. Nunca ficou tão parado em sua vida. Está preocupado: percebeu imediatamente o perigo que tem diante de si. Torce para que Marshall não se coloque contra ele e não use sua visibilidade mundial para arruiná-lo, denunciando à imprensa todas aquelas espertezas.

Margaret bebe um gole de chá. E logo em seguida continua:

— Veja bem, senhor Carruthers: se eu tornar públicas as minhas perplexidades, na manhã seguinte o pessoal antiglobalização vai se reunir e quebrar todas as suas vitrines, os pop stars começarão a dizer que a Proper Coffee é uma cadeia de cafeterias a evitar, e as ações de sua empresa se precipitarão no vazio.

"Porque, senhor Carruthers, eu gostaria de que, por favor, tomasse plena consciência de que vocês demitiram *um órfão*, alguém que se recusou a jogar no lixo uma comida ainda boa."

Outro interminável gole de chá.

— E é por isso que, agora, entre mim e o senhor, há um pavio bastante curto, e esse pavio eu poderia acendê-lo a qualquer momento, mas, veja bem, para sua sorte eu não sou uma revolucionária. Sou uma escritora e gosto das histórias com final feliz. Então, se o senhor me ajudasse a escrever para o jovem Imi um final maravilhoso, acredite, eu estaria disposta a esquecer tudo. Posso lhe garantir, dou minha palavra.

"Li que vocês pagaram uma fortuna ao artista gráfico que desenhou o logotipo de sua empresa, e que gastaram muito mais com o jogador de futebol que se fez fotografar com um de seus deliciosos minipanetones de cereja. Pois é, senhor Carruthers, eu lhe dou uma boa notícia: toda esta história lhe custará muito menos.

"Como eu dizia, aquele jovem, o órfão, gostaria muito de poder morar naquela que ele chama de 'a casa do Batman', ou seja, o elegante condomínio de St. George Wharf na saída da ponte de Vauxhall, bem ao lado do prédio do serviço secreto.

"Tenho certeza de que o senhor ficará *felicíssimo* em ressarci-lo pelo dano inesperado e de que o ajudará a realizar seu sonho.

"Registre essa compensação como achar melhor: consultoria artística, serviço ocasional. Em suma, o senhor resolve. A forma não tem importância: mas esperamos improrrogavelmente, até amanhã, um depósito de 500.000 libras esterlinas na conta corrente do senhor Imre Tóth. Tenho certeza de que seu departamento administrativo já dispõe de todas as coordenadas necessárias."

Carruthers sorri. Em sua vida, habituou-se a vencer quase sempre, mas convém admitir que, nas poucas vezes em que perdeu, soube perder com dignidade.

Consulta o relógio: são 17h48. Bem a tempo para seu jantar romântico. Levanta-se, espera que Margaret o acompanhe até a porta e, ao se despedir, diz:

— Obrigado por ter me permitido ajudar esse rapaz e corrigir nossos erros. A senhora tem minha palavra. A partir de amanhã, a mercadoria a vencer será de novo posta à disposição dos funcionários, gratuitamente, e nunca mais algum deles será explorado em nossas cafeterias.

Margaret sorri, mas não responde: espera que o senhor Carruthers entre no elevador e fecha devagarinho a porta atrás dele.

9.

Imı acaba de chegar em frente à casa de Margaret e está observando com espanto o grande Bentley preto estacionado ali. É tão bonito que consegue brilhar até na penumbra do entardecer. Justamente nesse momento, o senhor Carruthers sai pelo portão e passa ao seu lado.

Imi o reconhece e pensa: "É ele, o faraó em pessoa!"

Carruthers não se dá conta da presença dele. Tem pressa. Mete-se em seu automóvel de luxo e, no trajeto entre Sloane Street e o restaurante Zaika, telefona à sua secretária:

— Senhorita, não tenho muito tempo, vou falar rápido. Taquigrafe tudo. Primeiro: quero que seja feito imediatamente um depósito de 500.000 libras em nome do senhor Imre Tóth (ainda devemos ter todos os dados bancários, ele foi nosso empregado). Na justificativa, escreva "consultoria artística" e prepare uma fatura de mentira que assinaremos com uma sigla qualquer. Segundo: chame o diretor de área da Inglaterra e comunique que os dirigentes da filial de Embankment devem ser mandados a Coventry. Além disso, cancele a viagem-prêmio deles a Palma de Mallorca. Diga que foi um erro de cálculo.

"Terceiro: até amanhã, quero uma verificação minuciosa de todos os vistos de permanência dos nossos funcionários. Devemos andar na linha, ao menos enquanto a velha for viva."

— A velha? — pergunta, espantada, sua secretária.

— Esqueça, explicarei tudo pessoalmente, por telefone é melhor evitar. Ah, e consiga a qualquer custo dois ingressos para o show de Bon Jovi no Royal Albert Hall. Sei que estão esgotados, mas prometi ao meu filho que faria o possível. Por fim: amanhã, em Viena, não quero mais ficar no hotel Imperial, me reserve uma suíte no Grand Hotel, uma daquelas no último andar, mas longe do elevador. E antes que eu me esqueça: ligue para o florista da Oxo Tower e encomende doze amarílis brancos a entregar amanhã de manhã à senhora Margaret Marshall, com um belo cartão de agradecimento. Atenção, para que seja eficaz, peça ao diretor de marketing que o redija.

— Mais alguma coisa?

— Não.

Carruthers se despede da secretária e se prepara para encontrar sua jovem amante. Parece feliz, despreocupado.

É como se nada tivesse acontecido. Sua vida é assim: milhares de problemas e impedimentos a enfrentar com a máxima frieza, e logo depois a esquecer, para não ficar maluco.

10.

Imi entra no elevador. Daqui a pouco encontrará a senhora Marshall. Enquanto sobe, olha-se no espelhinho.

Daqui a poucos minutos, estará rico. Mas ainda não sabe disso. Seu maior problema, neste momento, é o nó da gravata, que está torto, porque ele ainda não aprendeu a fazê-lo bem. De andar em andar, enquanto o elevador sobe, Imi tenta ajeitá-lo como pode. E continua a fazer isso inclusive no vestíbulo, às cegas, um segundo antes de bater à porta.

Quando Margaret abre, ele a vê diante de si com o vestido de gala de Yves Saint Laurent e fica tão embasbacado com a imponência dela que não consegue pronunciar uma só palavra.

11.

Margaret e Imi estao sentados no salão-biblioteca, que tem perfume de lavanda, e bebem o chá: um chá escuro, forte, deixado em infusão por muito tempo. Margaret gosta assim. Já Imi, não tanto: queria acrescentar um pouco de açúcar. E está prestes a pedi-lo quando Margaret lhe comunica a grande notícia.

Acontece enquanto ele segura a xícara japonesa cheia de chá. Uma xícara delicada, muito frágil, que começa a tremer junto com suas mãos e a fazer ruído contra o pires.

Imi escuta em silêncio palavra por palavra: tem vontade de gritar de alegria, jogar a xícara pelos ares e correr para abraçar a senhora Marshall. Em vez disso, tenta conter o entusiasmo dentro de si. Fita demoradamente as florezinhas azuis bordadas por mãos experientes no guardanapo de linho aberto sobre seus joelhos. Assim fica até que seus lábios se abrem num sorriso já impossível de reter, e ele, incrédulo, quase sem voz, pergunta:

— Será que isso tudo não é um sonho?

12.

Agora Imi está sozinho num dos vagões imundos da Circle Line. Poderia retornar logo para casa, mas decide descer na estação de Embankment. Quer correr para a ponte de Vauxhall. Quer rever a casa do Batman. Quando finalmente se vê ali em frente, admira encantado suas mil janelas acesas, cintilando no escuro como vaga-lumes. Atrás de uma daquelas janelas, dentro em pouco ficará sua casa.

O St. Georg Wharf é realmente grandioso. Sem dúvida alguma, um dos mais belos edifícios do mundo. Imi o está observando, cheio de entusiasmo, quando se lembra de que a senhora Marshall lhe restituiu seu livro autografado.

Então o abre. Na primeira página, Margaret anotou alguma coisa com uma letra elegante. É uma frase curta, mas é a verdade. Está escrito:

Prezado Imi, bem-vindo à cidade dos órfãos.

Imi lê aquelas palavras e olha Londres.
Acontece tudo em um só instante, como quando está escuro e a luz é acesa. De repente, a cidade aparece nua diante dele, apertada ao longo de um rio sujo que a corta em duas como uma ferida Imi

a vê já sem filtros, miserável, desarmônica e desmascarada: um lugar triste e sem amor, uma gaiola enferrujada, habitada por pessoas órfãs até delas mesmas. Imediatamente, por contraste, recorda seu vilarejo de fronteira e os meninos do orfanato: agora queria estar ali junto com eles, e não sozinho. Então se dá conta de que, com o dinheiro do senhor Carruthers, talvez possa abrir em Landor um café todo seu: sem manuais e sem advertências por escrito. Todos os garotos poderiam trabalhar nele, e Ada *neni* prepararia todos os dias sua deliciosa torta de maçã!

Com esses pensamentos, Imi começa a caminhar para casa.

O prédio do Batman permanece inalterado atrás dele, com suas mil janelas privilegiadas: iluminadas em contraste com o escuro do inverno.

Bastaria se voltar um instante para olhá-lo de novo.

Mas Imi continua caminhando.

E não se volta.

Talvez, em sua mente, já tenha decidido esquecê-lo.

FIM

Nicola Lecca
(*Visegrád, verão de 2005 – Veneza, outono de 2012*)

Por amor à verdade

No verão de 2005, deparei-me casualmente com um orfanato. Naquele lugar que parecia pobre e triste, encontrei escondida uma extraordinária abundância de alegria.

Desde então voltei ao local com frequência, tendo passado ali cerca de quinhentos dias: fiz isso porque me dei conta de que ali estava oculto o segredo da felicidade.

E eu queria descobri-lo.

N. L.

Nota

Este romance é uma obra de fantasia.

Excetuando que Elisabeth Báthory e Myra Hindley existiram de verdade, e que o Expresso do Oriente transitava pelo vilarejo de Gyékényes, qualquer outra referência a fatos ou a pessoas da realidade deve ser considerada puramente casual.

Convém sublinhar que as opiniões expressadas pelos personagens do romance não representam necessariamente as do autor ou do editor.

A Proper Coffee também é inteiramente fruto da ficção literária e não se pode encontrar qualquer correlação com nenhuma rede de cafeterias existente no mundo.

Até o New York Glamour Award é uma invenção, e, por conseguinte, Sophia Loren nunca o recebeu.

Eu ia esquecendo: o Bentley preto do hotel Baur au Lac de Zurique e a camisaria San Marco existem mesmo. Macaulay Culkin efetivamente atuou de cueca no Vaudeville Theatre de Londres, na comédia *Madame Melville*. Na Harvey Nichols, em Sloane Street, os morangos custam sempre uma fortuna, e o leite produzido na ilha de Jersey é, sem dúvida, o mais delicioso que já provei.

Agradecimentos

Minha gratidão a: Adrián, Anna, Antonio, Attila, Barni, Benedikt, Carlo, Carlos, Cesare, Cicci, Danilo, Donatella, Erika, Ferenc, Franca, Francesca, Giancarlo, Gino, Giorgio, Giulia, Gloria, Guillermo, Ingeborg, István, Jancsi, Lajos, Marilena, Maurizio, Mondo, Narcisa, Paolo Emilio, Piera, Pietro, Susanna e Valentina.

Eles sabem por quê.

Impresso no Brasil pelo
Sistema Cameron da Divisão Gráfica da
DISTRIBUIDORA RECORD DE SERVIÇOS DE IMPRENSA S.A.
Rua Argentina 171 – Rio de Janeiro, RJ – 20921-380 – Tel.: 2585-2000